dtv

Jahrelang lebt der junge Prinz Orkhan im »Käfig« des kaiserlichen Harems, jederzeit eines plötzlichen, gewaltsamen Todes gewärtig. Dann, eines Tages, öffnen sich die Tore, und Dutzende von Eunuchen und Konkubinen begrüßen ihn voller Demut als den neuen Sultan des Osmanischen Reiches. Doch schon bald zeigt sich, daß die intrigante Welt des Harems böse Blumen hervorgebracht hat. Und während Orkhan noch ganz im Wahn lebt, tatsächlich der Gebieter über Dutzende schöner Leiber zu sein, verstrickt er sich immer tiefer in die Fesseln der eigenen Lust. In einer Reihe bizarrer erotischer Abenteuer, die von den »Gebetskissen des Fleisches« für ihn arrangiert werden, verliert er am Ende fast sein Leben.
Mit seinem reichen Angebot an sexuellen Phantasien, die nicht nur Männer und Frauen, sondern auch Feen und Krokodile betreffen, wird dieses kleine Buch alle Erotomanen, Masochisten, Eunuchen, Fetischisten, Odalisken, Transvestiten und andere Liebhaber des Schönen wie des Häßlichen innigst beglücken ...

Robert Irwin ist Arabist und hat bislang vier Romane und zwei Sachbücher veröffentlicht. In deutscher Sprache erschienen: ›Der arabische Nachtmahr‹ (1993), ›Staub, Grenzen des Sichtbaren‹ (1993), ›Verrückte Leidenschaft‹ (1996), ›Die Welt von Tausendundeine Nacht‹ (1997).

Robert Irwin

Der Prinz im Garten der Lust

Roman

Deutsch von Dshagg-al Loco

Deutscher Taschenbuch Verlag

Deutsche Erstausgabe
Januar 1999
Deutscher Taschenbuch Verlag GmbH & Co. KG, München

Titel der englischen Originalausgabe:
›Prayer-Cushions of the Flesh‹
First published in the UK by Dedalus Ltd. (Langford Lodge,
St. Judith's Lane, Sawtry, Cambs, PE17 5XE) in 1997

Umschlagkonzept: Balk & Brumshagen
Umschlagbild: Ausschnitt des Gemäldes ›Die weiße Sklavin‹ (1888)
von Jean-Jules Antoine Lecomte du Noüy
Satz: Fotosatz Reinhard Amann, Aichstetten
Gesetzt aus der Walbaum 10/13˙ (QuarkXPress)
Druck und Bindung: C. H. Beck'sche Buchdruckerei, Nördlingen
Gedruckt auf säurefreiem, chlorfrei gebleichtem Papier
Printed in Germany · ISBN 3-423-12562-4

»Der Traum der Monster gebiert Vernunft.«

Shayk Ayong

Mann im Käfig

Die Frauen lagen wie Packeis rings um den Käfig herum. Während er fröstelnd im Hof saß, stellte Orkhan sich vor, wie sie sich räkelten, jenseits der Mauern. Sie flochten sich gegenseitig das Haar oder stickten; sie schlugen die Saiten, rauchten Wasserpfeifen und studierten Bücher über die Kunst, Männern Lust zu bereiten; sie kratzten sich und warteten auf ihren Herrn. Der ganze Harem war nichts als eine Reihe von Wartezimmern der Lust.

Orkhan konnte diesen Müßiggang der Haremsdamen nur mit seinem inneren Auge betrachten. Aber manchmal – sehr selten – trug eine leichte Brise auch die wirklichen Stimmen der Frauen über die Mauern, und er hörte sie singen und lachen. Diese seltenen Augenblicke waren so tröstlich und kühl wie das Plätschern der Springbrunnen.

Orkhan verbrachte den größten Teil des Tages damit, an den Harem zu denken. Jeder dritte seiner Gedanken hatte weibliche Formen. Wenn er auch nur ein Viertel der Zeit, die er damit verbrachte, sich die Frauen vorzustellen, auf das Studium der Mathematik oder Astrologie verwandt hätte, wäre er bei all seiner Jugend längst ein berühmter Gelehrter gewesen. Aber seine Gedanken über Frauen machten keineswegs solche Fortschritte, wie sie vielleicht das Rätseln über astrologische Theoreme hervorgebracht hätte. Er hatte feststellen müssen, daß ihre glatten Formen aller Logik widerstanden, und er fragte sich, ob er seine letzten fünfzehn Jahre nicht besser darauf verwendet hätte, über einen kleinen Kieselstein zu meditieren.

Für einen Bewohner des Käfigs war das Nachdenken über Frauen ein Teil der spekulativen Philosophie, denn keine Frau hatte je ihren Fuß in das verfluchte Gebäude gesetzt. Seine Mutter hatte Orkhan zuletzt gesehen, als er gerade fünf Jahre alt war. Er erinnerte sich schwach daran, in einem der kleineren Pavillons im Garten des Palastes gewesen zu sein und sich vergeblich an einen großen, mit Tulpen bestickten Rock geklammert zu haben, als schwarze Hände ihn von hinten packten und wegzerrten. Es war sehr wahrscheinlich, daß Orkhan sterben würde, ehe er noch einmal eine Frau sah.

Der *Kafe* lag im Herzen eines Labyrinths von Gebäuden, Innenhöfen und Passagen, die zum kaiserlichen Harem gehörten. Die Prinzen, die darin gefangen waren, wohnten in einer Reihe von Räumlichkeiten, die rings um einen gepflasterten Hof mit einem kleinen Garten in der Mitte lagen. Die überdachte Kolonnade, die an zwei Seiten des Hofes entlanglief, bot den Prinzen Schutz vor Sonne und Regen, wenn sie turnten oder ruhten. Von diesem überdachten Umgang aus erreichte man einen Schlafsaal und zwei kleine überkuppelte Hallen, die wiederum zu einigen kleineren, zellenhaften Wohnräumen führten. Eine Handvoll taubstummer Eunuchen teilte das Gefängnis der Prinzen. Diese älteren Männer schliefen, wo sie eben Platz fanden, in der Küche und den Vorratskammern auf den beiden anderen Seiten des Hofes. Die Fenster des Käfigs zeigten alle nach innen auf den kläglichen Garten, und die Lebensmittel wurden durch ein Loch in der Außenmauer der Küche geliefert. Das einzige, eisengepanzerte Tor des Käfigs wurde nur geöffnet, um den Arzt einzulassen oder einen Leichnam hinauszubefördern. Bei den seltenen Gelegenheiten, wenn das Tor sich öffnete, bemühten Orkhan und seine Gefährten sich angestrengt, einen Blick in den dahinter liegenden Durchgang zu werfen, dessen Name allein schon unheilverkündend genug war. Er hieß die Passage-wo-die-Dschinns-sich-beraten.

Hinter dem gefährlichen Korridor lag der Harem, und hinter dem Harem lag der Palast, und dahinter lag Istanbul, aber so weit hätte Orkhans Phantasie nie und nimmer gereicht.

Bis vor einer Woche hatte es noch neun Prinzen im Käfig gegeben. Aber dann hatte sich eines Tages, als die Prinzen gerade ein Picknick im Innenhof abhielten, das

Tor des Käfigs geöffnet, und zwei schwarze Eunuchen füllten den Eingang. Sie kamen nicht auf den Hof, sondern blieben gleich neben dem Tor stehen und winkten Barak, den ältesten Prinzen, zu sich heran. Barak hatte seinen Kopf gebeugt und war zwischen den beiden Eunuchen durch die schmale Öffnung gegangen und in der Passage-wo-die-Dschinns-sich-beraten verschwunden. Er hatte nicht zurückgeschaut. Barak und Orkhan (der zweitälteste Prinz) hatten ein Abkommen, daß derjenige, der zuerst nach draußen kam, nach dem anderen schicken würde, wenn er irgendwie konnte. Aber eine Einladung von Barak war nicht gekommen und auch keinerlei Nachricht über sein Schicksal. *De facto* war noch nie eine Nachricht aus der Außenwelt in den Käfig gekommen.

Der Käfig war, genau wie der Harem, ein Wartesaal, aber während die Odalisken und Konkubinen des Harems auf die Freuden des Lustgemachs warteten, bereiteten sich die Bewohner des Käfigs auf die alleinige und unbeschränkte Herrschaft oder den Tod vor. Ihr jeweiliges Schicksal war von der Gesundheit und Laune des Sultans Selim und seines Harems abhängig. Eines Tages mußte Selim unweigerlich sterben, und dann würden die Wachen zum Käfig gestürmt kommen, einen der Prinzen herauszerren und ihn zum Sultan ausrufen. Sehr viel wahrscheinlicher war allerdings, daß Selim unter dem Eindruck eines unheilvollen Traums oder auf

Grund der Einflüsterungen einer eifersüchtigen Konkubine schon lange vor diesem heißersehnten Tag plötzlich Befehl gab, einen oder mehrere seiner Söhne zu exekutieren. In diesem Fall standen dann zahlreiche muskulöse Taubstumme an den Wänden der Passage-wo-die-Dschinns-sich-beraten, und einer von ihnen hielt die seidene Schnur; denn es war die ehrenwerte Tradition im Herrscherhaus der Osmanen, daß seine Prinzen stranguliert wurden, wenn man sie hinrichten mußte.

Es war möglich, dachte Orkhan, daß Selim tot war und Barak tatsächlich der neue Sultan. Es war möglich, daß er sein Versprechen vergessen hatte. Es war auch möglich, daß der alte Sultan noch am Leben war und Barak zum Gouverneur von Erzerum oder Amasya gemacht hatte. Viel wahrscheinlicher aber war, daß Barak längst stranguliert worden war. Das Opfer einer solchen Hinrichtung, hatte Orkhan gelesen, erlebte unweigerlich eine Erektion mit einem starken Orgasmus, so daß der »kleine Tod« den unmittelbar folgenden größeren gewissermaßen verhüllte. Aus Gründen, die noch erforscht werden mußten, wurde diese Todesart in den Büchern meist als der »Tod des Gerechten« bezeichnet. In seinem Studium des Todes war Orkhan genauso gründlich wie in seinem Nachdenken über die Frauen.

Es würde noch Stunden dauern, bis die Sonne über die Mauern des Käfigs hereinschien, aber es war die ganze Nacht heiß gewesen, und Orkhan zitterte nicht, weil ihm kalt war. Es war auch nicht – oder nicht nur – das vermutliche Schicksal von Barak, das ihn mit düsteren Ahnungen und Angst erfüllte. Er hatte einen Traum gehabt in der vergangenen Nacht, und jetzt erinnerte er sich wieder an diesen Traum. Ihn zu deuten war allerdings nicht seine Sache, denn jeder wußte ja, daß der Traum zwar dem gehörte, der ihn geträumt hatte, seine Bedeutung aber dem, der als erster gebeten wurde, seine Deutung zu geben.

Auf der Suche nach jemandem, der ihm seinen Traum deutete, betrat Orkhan den Raum, der von den Prinzen als Schlafsaal benutzt wurde. Die sieben anderen lagen schlafend vor ihm auf dem Steinboden. Früher hatten sie auf Matratzen geschlafen, und auch die Empfangsräume waren üppig mit Teppichen und Kissen ausgestattet gewesen. Aber dann hatte Barak, ihr Anführer, sie um sich versammelt und ihnen die Bedeutung ihres Lebens erklärt. Jeder von ihnen, hatte er gesagt, bereite sich darauf vor, als Sultan zu herrschen oder wie ein Mann zu sterben. Aber welches Schicksal ihnen auch immer bestimmt war, alle Verweichlichung war zu vermeiden. Sie sollten die osmanischen Tugenden pflegen und sich dergestalt stählen, daß sie zäh, hart und stark würden. »Wir sind schließlich Männer!« Die Prinzen waren Baraks Beispiel gefolgt und hatten von diesem Tag an regelmäßig trainiert: Gewichtheben, Bogenschießen und Ringen. Sie hatten nur noch in kaltem Wasser gebadet. Sie hatten ihre seidenen Gewänder in Stücke geschnitten und alle Kissen, Teppiche und Matratzen im Käfig gesammelt und auf einem großen Scheiterhaufen in der Mitte des Hofes verbrannt. In den letzten beiden Jahren hatten sie nur noch auf nackten Steinen geschlafen.

Orkhans Halbbruder Hamid lag auf dem Rücken und starrte ausdruckslos an die Decke. Er war der einzige von den Prinzen, der wach war, und folgte Orkhan bereitwillig hinaus in den Hof. Hamid war der Sohn einer Konkubine aus Ungarn. Er war rothaarig und weißhäutig. Seine Brust war erstaunlich haarig für jemanden, der noch so jung war.

Ohne weitere Einleitung begann ihm Orkhan seinen Traum zu erzählen: »Ich war in einer Wüste, deren Sand so glattgepreßt war, daß ich wie auf Messing dahinging. Die Nacht zog herauf, und ich fand meinen Weg von einem dunklen Schatten versperrt, der vor mir aufragte. Ich zog mein Schwert, stieß es hinein, und der Schatten fiel in sich zusammen. Dann legte ich mich darauf zur Ruhe, benutzte ihn als mein Kissen und wartete auf den Morgen. Die Sterne drehten sich eilig über die Wüste, und kurz vor Sonnenaufgang erkannte ich, worauf ich lag. Die Gestalt glich ungefähr einem menschlichen Fötus. Ihre weißen und rosa Wölbungen waren hier und da unterbrochen von Haarbüscheln. Das Ding hatte keinen

Kopf, keine Arme und keine Beine, aber es gab fleischige Lippen, die Münder gewesen sein könnten. Sie wölbten sich, wenn ich sie mit dem Schwert kitzelte, und schienen zu atmen. Aber weil ich nicht wußte, was ich noch tun sollte, habe ich meinen Traum an dieser Stelle verlassen.«

Hamid überlegte nur kurz, ehe er antwortete: »Die Wüste steht natürlich für Enthaltsamkeit. Das Schwert ist dein Geschlecht. Der schwarze Schatten ist etwas, in das dein ›Schwert‹ eindringt. Ich glaube«, sagte er vorsichtig, »der Traum bedeutet, daß du noch vor Sonnenuntergang Sex haben wirst.«

Orkhan lachte kurz und bellend, während er zu den Dächern des Käfigs aufschaute. Hamid zuckte die Achseln und schlug dann einen Ringkampf vor. Beim Ringen stellten sich die Prinzen meist vor, daß sie ihre Muskeln und ihre Geschicklichkeit übten, um später das Osmanische Reich zu beherrschen, um Armeen gegen Wien und Täbris zu führen und dann die Haremsdamen zu reiten, aber Orkhan dachte beim Ringen immer nur daran, daß er sich damit für den letzten Kampf gegen die taubstummen Sklaven mit der seidenen Schnur rüstete.

Um nicht gestört zu werden, gingen Orkhan und Hamid jetzt in die Küche. Ein Diener saß in der Ecke, aber die Sklaven im Käfig waren nicht nur taub und stumm, sondern im Grunde auch unsichtbar und blind.

Die beiden Prinzen entkleideten sich und ölten sich ein. Dazu schöpften sie große Mengen Olivenöl aus einem Krug auf dem Boden, das sie sich gegenseitig auf die Körper gossen, bis sie aussahen, als wären sie mit einem Harnisch aus glänzendem Leder bedeckt. Sie senkten die Köpfe wie zwei wütende Stiere, packten sich an den Schultern und drängten sich hart aneinander, bis das Öl und der Schweiß auf ihren Körpern sich mischten. In heftiger Umklammerung drehten sie sich mehrfach im Kreis, wobei sich jeder bemühte, dem anderen ein Bein zu stellen. Dann machte Orkhan plötzlich einen Schritt rückwärts, zog Hamid mit sich und ließ ihn über sein ausgestrecktes Bein fallen. Hamid stürzte, hielt Orkhan aber weiter umklammert und riß ihn mit sich zu Boden. Aber dann lag er doch flach auf dem Rücken und keuchte, während Orkhan auf seiner Brust landete. Sein Mund rundete sich zu einem Oh! des Erstaunens, das Orkhan mit einem Kuß stillte. Dann erhob Orkhan sich auf die Knie und ließ seine Hände über Hamids ölglänzende Brust- und Bauchmuskeln gleiten. Er zog sich noch ein Stück weiter zurück, faßte nach Hamids Hoden und drückte sie vorsichtig. Hamid stöhnte, nicht vor Schmerz. Orkhan drehte ihn um, griff nach der Karaffe und goß sich etwas Öl auf die Hand. Damit massierte er die Furche in Hamids Gesäß, bis der Weg genügend vorbereitet war. Als er sich überzeugt hatte, daß dies der Fall war, zog er Hamid zu sich heran, um sein Geschlecht in die Öffnung zu stoßen. Aber trotz aller Vorbereitungen war der Eingang doch mühsam. Der Prinz rieb sein Becken am Körper Hamids, der laut zu stöhnen begann: Orkhan hämmerte an eine Pforte, die sich nur langsam öffnete, aber schließlich ergoß er sich tief im Inneren seines Bruders.

Triumph. Er hatte Hamid benutzt wie ein Waschbecken, und eben dies war Teil seines Sieges. So gehörte es sich für einen Krieger – ein harter Kampf, bei dem der eine siegte und der andere die Rolle der Frau spielte und sich unterwarf. Mit der Liebe, von der die Dichter soviel hermachten, hatte das nichts zu tun.

Orkhan zog sich zurück und betrachtete Hamids harte, glänzende Arschbacken. Er war zufrieden, daß er keinerlei Begehren spürte und Hamids Körper ihn kalt ließ, denn das Begehren des Fleisches machte einen verletzlich und weibisch. Dennoch war es nur ein Schattensieg, den er da errungen hatte; denn es hieß, der Verkehr zwischen Männern sei nur ein Schatten des Geschlechtsverkehrs mit einer Frau. Es war nur ein Spiel, eine Gefechtsübung für den wirklichen Geschlechterkrieg, der zwischen Männern und Frauen stattfand. Andererseits war es besser, als wenn man mit einem Eunuchen ins Bett ging. Wie jeder bestätigen wird, der jemals mit einem Eunuchen Geschlechtsverkehr hatte, sind diese Geschöpfe kindisch und weinerlich und verlangen dauernd Schokolade oder Spielsachen für ihre Gunst.

Orkhan lag neben Hamid, starrte zur Decke und dachte an den bevorstehenden Tag. Er würde genauso sein wie der gestrige Tag, bloß ein anderes Datum. In der Langweile waren sie alle geschult. Immer derselbe Tag zog an ihnen vorbei, und sie übten sich unermüdlich im Bogenschießen und Ringen. Einige der Prinzen kümmerten sich auch um den Garten und maßen ihre Tage am langsamen Wachstum der Pflanzen. Andere veranstalteten Kakerlakenrennen, wetteten auf die Flugbahn der welken Blätter im Wind oder saßen da wie Geistesgestörte und sahen zu, wie die Sonnenstrahlen vor ihnen über die Wand krochen. Orkhan las Bücher über die verschiedensten Themen: die Sitten und Gebräuche der russischen Steppenbewohner, das Geschlechtsleben der Eunuchen, die Zubereitung eßbarer Lehmsorten, Zaubertricks mit rohen Eiern – was immer sich an Literatur beschaffen ließ durch das Loch in der Wand. Manchmal schrieb er auch Gedichte oder Liebesbriefe an die Damen des Harems, wickelte sie um einen Pfeil und schoß sie über die Mauern des Käfigs. Es kamen allerdings nie welche zurück. Er richtete sich auf und goß sich noch weiteres Öl auf sein Glied, denn es war etwas wund. Als Hamid das sah, kam er zu ihm herübergekrochen und leckte ihm den Schwanz, bis Orkhan erneut kam, diesmal in den Mund seines Bruders. Bald langweilten sie sich miteinander, gingen ins Badehaus neben der Küche und wuschen das Öl ab.

Hamid humpelte zurück in den Schlafsaal, und Orkhan blieb allein im Hof, abgesehen von zwei alten Taubstummen. Sein Triumphgefühl ebbte ab, und er fragte sich plötzlich: Hatte Hamid sich ihm unterworfen oder dem Traum? Das Schicksal übt seine eigene Macht aus.

Plötzlich drehte sich der Wind, und die Stimmen der Frauen waren zu hören. Orkhan hatte den Eindruck, daß sie ungewöhnlich aufgeregt klangen – wie das Zwitschern exotischer Vögel, die von der Gegenwart eines Räubers aufgeschreckt worden sind. Dann öffnete sich plötzlich das Tor. Eine schwarze Hand winkte, und Orkhan ging darauf zu.

Das parfümierte Schlachtfeld

Er ging vor den stummen Sklaven die Passage-wo-die-Dschinns-sich-beraten hinunter und stolperte fast auf den unregelmäßigen Fliesen. Grünes Licht drang durch die hohen Flaschenglasfenster herunter. Orkhans Augen tranken den ungewohnten Anblick der Mauern. Er hielt die Arme dicht am Körper und wartete darauf, daß die Würgeschnur sich auf ihn herabsenkte. Aber nichts geschah. Er ging einfach weiter. Wie es schien, hatten die unsichtbaren Dschinns der Passage beschlossen, ihn vorerst am Leben zu lassen.

Am Ende des Durchgangs stand ein sehr kleiner Mann.

»Heil Euch, Sultan Orkhan, Herr der Reiche im Osten und Westen. Seid gegrüßt, der Ihr auferstanden seid von den Toten und wiedergeboren. Geblendet sehe ich, wie Eure erhabene Mutter, die Walide, Euch das glänzende Gewand des zweiten Lebens überstreift und alle Klumpen Eures irdischen Seins von Euch abfallen. Nehmt das Geschenk von ihr an und folgt mir.«

Als der Zwerg sich umwandte, um ihn zu führen, sah

Orkhan den Buckel auf dem Rücken des eigenartigen kleinen Mannes. Er folgte dem Zwerg aus der Passage und fand sich alsbald in einem so großen, offenen Raum, daß er erschrocken zurückfuhr. Zuerst konnten seine Augen gar nicht fassen, was sie erblickten, dann begriff er, daß er sich in einem Garten befand.

Er streckte die Hand aus, packte den Zwerg an der Schulter und drehte ihn zu sich um. »Wer bist du?«

»Ich bin, solange ich meinen Schatten im Sonnenschein Eurer Gunst sehe, Euer alleruntertänigster Wesir, Herr. Aber Gott weiß, daß der Schatten, den einer wie ich wirft, ganz gleich wie die Sonne steht, immer nur kurz ist.«

»Warum bin ich Sultan? Ist Selim tot? Was ist aus Barak geworden?«

»Ach, der arme Sultan Selim. Der Papagei seiner großen Seele hat seinen irdischen Käfig verlassen und mußte in die ewige Stadt flattern.«

»Soll das heißen, mein Vater ist tot?«

»Selbst ein Sultan muß eines Tages aus der Welt des Seins in den Abgrund des Nicht-Seins abtreten.«

»Und wo ist Barak?«

»Ihr werdet ihn bald von Angesicht zu Angesicht sehen.«

»Warum bin ich befreit worden?«

Der Wesir schien ungeduldig zu werden. »Wer sagt, daß Ihr frei seid? Ihr seid nicht frei. Kein Sterblicher ist weniger frei als der Sultan, denn der hat die Bürde der Rechtsprechung und der Regierung zu tragen. Ein guter Sultan ist der Sklave seiner Untertanen.«

Der ungeduldige Wesir wandte sich um und trabte in Richtung eines Pavillons aus Porzellan in der Mitte des Gartens. In Orkhans Kopf brodelten Tausende von unbeantworteten Fragen, aber er hatte keine Zeit, sie zu stellen, ehe er dem Zwerg durch die Tür in den Pavillon folgte.

Eine junge Gazelle schlidderte mit gespreizten Beinen über den Porzellanboden, weil ihre Hufe keinen Halt auf dem glatten Untergrund fanden. Mehrere junge Dienerinnen versuchten, das Tierchen zu fangen und wieder zur Ruhe zu bringen. Am anderen Ende des Raumes lag eine ältere, stark mit Rouge geschminkte Frau auf einer gepolsterten Bank und lachte über die vergeblichen Bemühungen der Mädchen. Zu seiner Überraschung stellte Orkhan fest, daß er sich an sie erinnern konnte.

»Mutter! Erkennst du mich nicht?«

Die Walide nickte und wedelte entschuldigend mit den Händen, konnte ihr Lachen aber nicht unterdrücken. Das also war die Frau, die zugelassen hatte, daß er in den Käfig gebracht worden war, um dort fünfzehn Jahre lang zu schmachten.

Endlich gelang es einem der jungen Mädchen, die Gazelle zu fangen, auf die Arme zu nehmen und hinaus in den Garten zu tragen. Die Augen der Walide ruhten auf Orkhan. Das heißt, genauer gesagt, *alle* Frauen im Pavillon musterten ihn verstohlen aus dem Schatten ihrer schwarzgefärbten Wimpern. Niemand sagte irgend etwas.

Orkhan selbst stand wie versteinert und betrachtete die Frauen. Sie waren anders als die Frauen in den Bilderbüchern, die er sich mit seinen Brüdern im Käfig angeschaut hatte. Die Miniaturen in den Büchern zeigten gertenschlanke Gestalten, die ausdruckslos aus den Bildern herausstarrten. Die wirklichen Frauen im Pavillon dagegen waren schwere, fleischige Gestalten, die trotz ihrer Körpergröße immer noch ein wenig wie Babys aussahen. Orkhan, der zum ersten Mal nach fünfzehn Jahren wieder Frauen sah, empfand Mitleid für sie, denn ihre weichen Glieder, zarten Handgelenke, baumelnden Brüste und schweren Hintern machten sie zum Überleben in einer Männerwelt wenig geeignet, wie er fand.

Schließlich besann er sich, erriet die höfische Etikette und verbeugte sich vor seiner Mutter. Dann trat er näher, um ihre Umarmung zu suchen. Sie erhob sich von ihren Kissen und verschloß ihm mit dem Zeigefinger die Lippen.

»Du bist lange Zeit im Käfig gewesen. Dennoch können die Erklärungen warten. Nach fünfzehn Jahren im Käfig bist du gewiß auf ein Mädchen begierig.« Sie lächelte mit vorgetäuschter Ehrfurcht. »Du mußt sehr ungeduldig sein ... Der Wesir wird dir etwas Passendes suchen.«

Mit einer Handbewegung beurlaubte sie Orkhan.

Draußen im Garten erklärte er dem Wesir, die Sache mit dem Mädchen könne warten. Als erstes müsse er sein Kabinett einberufen und seine Minister um sich versammeln.

Der Wesir war allerdings anderer Ansicht. »Ihr seid der Herr des Reiches vom Euphrat bis zur Donau, und es gibt gewiß viel zu tun, aber als erstes müßt Ihr Euch als Herr Eures Harems erweisen; denn wer seinen Harem nicht beherrscht, kann sich selbst nicht beherrschen, ganz zu schweigen von einem Weltreich. Außerdem braucht Ihr so schnell wie möglich einen Erben. Also, wollt Ihr eine schöne oder eine häßliche Beischläferin?«

»Was? Wieso sollte ich eine häßliche wollen?«

»Schönheit vergeht, sagen die Leute, aber Häßlichkeit bleibt bestehen. Seid Ihr sicher, daß Ihr nicht eine häßliche wollt?«

»Ganz sicher. Bringt mir ein schönes Mädchen.«

»Seht Ihr? Hab ich Euch vorhin nicht im Garten gesagt, daß Ihr nicht frei seid? Merkt Ihr jetzt, daß ich recht habe? Gebt Ihr zu, daß Ihr nicht die Freiheit besitzt, Häßlichkeit zu wählen statt Schönheit? Seht Ihr? Ich hab Euch erwischt!«

»Ich sehe, daß ich viel zu lernen habe«, erwiderte

Orkhan vorsichtig und überlegte gleichzeitig, daß er den Kerl gleich morgen früh entlassen würde. »Und jetzt beschaff mir ein schönes Mädchen, damit wir's hinter uns bringen.«

»Ich glaube, ich habe ein gutes Mädchen für Euch an Eurem ersten Tag. Eine Georgierin. Da sich Euer Reich im Krieg mit Georgien befindet, wird sie eine gute Übung für Euch sein. Wenn Ihr lernt, sie zu reiten, dann lernt Ihr zugleich, wie man Georgien erobert. Sie ist Eure Stute und trägt Euch ins Herz ihres Landes, mein Sultan. Ach ja! Eins muß ich noch sagen: Ihr könnt tun mit ihr, was Ihr wollt, nur solltet Ihr auf keinen Fall die Viper in der Taverne der Parfümeurs trinken lassen!«

Nachdem er sich gewaschen und parfümiert hatte, wurde Orkhan in eine kleine Kammer mit Rippengewölbe geführt. Sie war üppig mit Samtstickereien verhängt, unterschied sich ansonsten aber nur wenig von den Räumlichkeiten, die er im Käfig gekannt hatte. Im hinteren Teil des Raumes befand sich eine erhöhte Plattform aus Marmor. Auf diesem Podium stand ein Bett und am Fuß des Bettes ein Pult mit einem großen aufgeschlagenen Buch.

Das Gemach war überraschend kalt, und als Orkhan auf das Podium zuging, stellte er fest, daß er sich auf blankem Eis bewegte. Trotz des Bettes und der Samtvorhänge war der Raum nichts anderes als eine Eiskammer. Verblüfft setzte sich Orkhan aufs Bett und wartete dort.

Er hatte, als er noch im Käfig war, von den Eisgruben des Sultans gelesen. Auf den Höhen des Olymp wurden große Blöcke aus dem Eis geschnitten, mit Rennkamelen in die Stadt gebracht und dann in tiefen Gruben im Palast gelagert, damit der Sultan auch im Sommer stets ein kühles Getränk hatte. Aber was sollte er selbst in der Eiskammer?

Orkhan hatte noch nicht lange gewartet, als sich die Tür öffnete und etwas über das Eis auf ihn zuglitt. Im Halbdunkel des Raumes hätte es ein Hund sein können oder vielleicht auch ein Dschinn. Dann hob es den Kopf, und Orkhan sah, daß es sich um eine Frau handelte, die da vor ihm auf dem Bauch lag. Ihre schweren Ohrringe und Armbänder klingelten heftig. Sie kniete sich vor die Marmorkante der Plattform und küßte Orkhan die Füße, ehe sie das Gesicht hob.

»Ich bin Anadil«, sagte sie.

Sie hatte große Augen, und aus ihrem kostbaren, aus Gold- und Silberfäden geflochtenen Haarnetz, das mit zahlreichen Perlen besetzt war, quollen zierliche schwarze Locken hervor.

»Anadil ist ein hübscher Name«, sagte sie. »Findest du nicht? Er bedeutet ›Nachtigallen‹.«

Orkhan versuchte, sie behutsam zu sich heraufzuziehen, aber sie sträubte sich und ließ es nicht zu.

»Sag mir erst, daß dir mein Name gefällt«, verlangte sie schmollend.

»Deine Name ist hübsch. So, und jetzt setz dich hier neben mich.«

Widerstrebend kam sie zu ihm aufs Bett. Erneut versuchte Orkhan, sie an sich zu ziehen. Sie war zwar nicht stark genug, um sich ernsthaft zu wehren, protestierte dafür aber heftig.

»Nicht so schnell! Du bist ja wie ein Tier aus der Tiefe des Waldes. Ich bin es nicht gewohnt, daß man mich so behandelt.«

»Ich behandle dich, wie ich will. Ich bin dein Sultan.«

Damit stürzte Orkhan sich auf sie und preßte ihr sein schwellendes Glied an den Leib. Er wollte sich endlich in sie versenken. Seine Finger glitten über ihre Schultern und versuchten, ihr das Gewand abzustreifen, aber Anadil sah höchst beleidigt aus und zappelte unter seinen Händen herum. Ihr Kleid aus gelber Seide mit seinen vielen ungewohnten Haken und Ösen schien so dünn, daß er glaubte, es einfach herunterreißen zu können, aber Anadil war zusätzlich durch eine Rüstung aus Schmuck und Juwelen geschützt. Ein Gürtel aus Münzen und Amuletten umschloß ihre Hüften, und über ihre Brüste hingen zahlreiche schwere Halsketten.

»Nicht so schnell!« rief sie. »Es ist ja, als hättest du noch nie eine Frau gesehen.« Dann kicherte sie, als sie merkte, was sie gesagt hatte. »Aber natürlich, im Käfig gibt es ja keine Frauen! Ein Körper wie meiner ist Neuland für einen wie dich ... Aber wenn du fünfzehn Jahre auf mich gewartet hast, dann ist eine weitere kurze Verzögerung sicherlich nur eine Kleinigkeit für dich. Du mußt mir Vergnügen bereiten.«

»Nein, du mußt *mir* Vergnügen bereiten. Ich bin dein Sultan«, wiederholte Orkhan noch einmal.

»Nein, nein, genau andersrum. Sonst bin ich unglücklich, und dann mach ich dich auch unglücklich. Es ist keine Schande für einen Sultan, daß er sich einer Konkubine unterwirft, wenn er sie begehrt, das ist schließlich das Wesen der höfischen Liebe. Und außerdem sehe ich, daß ich dir jetzt schon gefalle.« Dabei zeigte sie auf die Schwellung zwischen Orkhans Beinen. »Was hast du da unten? Ziemlich groß! Ist es nicht deshalb so groß, weil ich ihm gefalle?«

Orkhan nickte.

»Das freut mich, daß ich ihm gefalle. Gefalle ich dem Rest von dir auch?«

Orkhan nickte noch einmal. Ihr kindischer Katechismus trieb ihn zur Raserei, aber Anadils Duft, der zugleich bitter war und intim, wirkte wie ein Zauber der Unterwerfung auf ihn. Sie hätte alles von ihm haben können, wenn er sie am Ende nur kriegte.

»Wenn ich dir gefalle, dann lächle – und richtig reden lernen mußt du wohl auch noch. Es genügt nicht, den Kopf zu bewegen. Ich glaube, ich werde dir erst einmal beibringen müssen, wie man mit einer Frau spricht. Du bist so unschuldig – fast noch ein Junge. Aber du brauchst keine Angst vor mir zu haben. Du brauchst gar nicht viel zu tun, du mußt mir nur sagen, daß ich hübsch bin und welche Teile von mir du besonders hübsch findest.«

»Du bist die schönste Frau, die ich je gesehen habe«, sagte Orkhan, was kein besonderes Zugeständnis aus seiner Sicht war. Er war hingerissen von ihrem zartem Gesicht und der weichen Verwundbarkeit ihrer Arme. Wenn nur der Katechismus endlich vorbei wäre, damit er Besitz ergreifen konnte von diesem bezaubernden, weichen, üppig schwellenden Geschöpf. Obwohl sie ihm gesagt hatte, er brauche sich nicht zu fürchten, spürte er doch etwas Furchterregendes, Übernatürliches in Anadils Schönheit, so etwas wie den Anfang des Schreckens. Sie schien wie ein Besucher aus einer anderen Welt.

»Na gut, das soll für's erste genügen. Wenn du jetzt deine Hände wegnimmst, werde ich mich für dich ausziehen.«

Sie stellte sich neben das Bett und ließ eine Kaskade von Gold, Silber und Messing und endlich auch ihr gelbes Gewand auf den Marmorboden herabsinken. In wenigen Sekunden stand sie nackt vor ihm, wandte sich aber gleich wieder um und sagte über die Schulter: »Wir Haremsmädchen lesen gern, ehe wir ins Bett gehen.«

Sie holte das Buch vom Pult, setzte sich dicht neben Orkhan aufs Bett, schlug das Buch auf und legte es sich auf die geöffneten Schenkel.

»Es heißt *Das parfümierte Schlachtfeld oder Die Fragen, die das schwarze Mädchen dem weißen Sultan beantworten mußte.*« Anadil buchstabierte den Titel mit einiger Mühe.

Dann begann sie zu blättern. Das Buch war reich illustriert. Gemeinsam betrachteten sie exquisite kleine Miniaturen, auf denen man von Gräben und Mauern umgebene Frauen sah, die von Männern mit Rammböcken und Kletterhaken bestürmt wurden, während grellbunter Pulverdampf über Feldern waberte, die mit Blumen und Leichen bedeckt waren. Hinter durchsichtigen Festungsmauern standen Männer und Frauen sich im Handgemenge gegenüber. Es gab auch abstrakte Schlachtpläne mit Richtungspfeilen und Fähnchen in Gold und Schwarz. Auf der letzten Seite sah man einen ganz golden gemalten Mann stehen. Eine Frau kniete vor ihm und preßte ihr Gesicht auf seine Lenden, eine andere stand hinter ihm und spähte ihm über die Schulter, während er selbst wie schwachsinnig grinste. Ein heller Silberglanz stand in seinem Gesicht. Als sie dieses Bild erreicht hatten, blätterte Anadil hastig wieder zurück.

»Hier«, sagte sie und lehnte sich schwer gegen Orkhan. »Das Kapitel ›Über die Notwendigkeit guter Feindaufklärung‹ und hier der Absatz ›Über die Benennung der Teile‹.« Ihre rechte Hand bewegte sich über die Seite und bezeichnete beim Lesen die Zeile. Mit der anderen streichelte sie ihre Brüste. »Wie werden die genannt?« fragte sie.

»Die nennt man Brüste«, erwiderte Orkhan, ohne daß er seine Gereiztheit gänzlich zu unterdrücken vermochte.

Zu seiner Verblüffung schlug ihm Anadil leicht auf die Wange.

»So sprechen nur die ordinären Leuten. Das sind keine Brüste, das sind meine Monde. So sagt man in der Sprache der Liebe und Poesie. Schau her, auch im Buch heißt es so. Du mußt noch viel lernen. Sag jetzt: Ich liebe deine vollen Monde.«

Sie hielt sie ihm zum Küssen hin.

Orkhan hatte um so weniger die Kraft, sich dagegen zu wehren, als sie ihm gleichzeitig mit der Hand unter sein Gewand fuhr und ihm zwischen den Beinen hantierte. Auch wenn er ihre Spiele albern fand, sah er keinen Grund, warum er ihr den Gefallen nicht tun sollte. Er wäre auch bereit gewesen, über das Eis zu kriechen, wie ein Hund zu bellen und Männchen zu machen, wenn sie ihm nur gewährte, wonach ihn verlangte. Ihre Brüste waren weich und hatten zierliche Spitzen.

»Ich liebe deine vollen Monde«, sagte Orkhan gehorsam und küßte die Spitzen.

»Und was ist das zwischen deinen Beinen?«

»Das ist mein Schwanz.«

»Pfui!« Sie zog ihre Hand zwischen seinen Beinen weg und schlug ihm erneut ins Gesicht. »Das ist sehr vulgär. Du solltest dich schämen, so etwas zu sagen. Hier im Harem nennen wir es den Vogel, den Mann-mit-einem-Auge oder manchmal den Kirschblütenzweig oder den Weinenden Mann. Es hat viele Namen. Sie stehen alle hier im Buch.«

Damit ließ sie das Buch auf den Fußboden fallen, beugte sich über ihn und zwängte ihm behutsam die Zunge zwischen die Lippen. Als der Kuß zu Ende war, zog sie sich etwas zurück, streckte ihre Zunge erneut heraus und zeigte mit dem Finger darauf.

»Und wie nennen wir das?«

»Ich weiß es nicht, und ich will's auch nicht wissen.«

»Wir nennen es die Kleine Koralle oder den Honiglöffel oder die Viper. Aber ich sehe, du bist begierig zu beginnen. Also nur noch eine Lektion, nur noch ein Wort, das du dir merken mußt.« Sie warf sich rücklings aufs Bett und zeigte zwischen ihre Beine. »Möchtest du wissen, wie das heißt?«

»Leute, die keine Dichter sind, nennen es Möse.«

»Ach, wir haben einen viel hübscheren Namen«, sagte Anadil. »Das ist die Taverne der Parfümeurs. Komm näher und betrachte sie genau.«

Diese Lektion war nun wirklich absurd. Aber Orkhan dachte, den Launen des Mädchens zu folgen, könne ja keinen wirklichen Schaden anrichten. Selbst wenn ihr Geplapper recht ermüdend und kindisch war, so war ihr Körper doch begehrenswert, und ihr Gesicht zeigte ein nobles Versprechen von Adel und Intelligenz. Wie konnte jemand zugleich so schön und doch so albern sein? Nun, er würde sie gewähren lassen. Aber um sicherzustellen, daß niemand sonst im Harem erfuhr, welche Demütigungen sie von ihm verlangt hatte, würde er sie am Morgen hinrichten lassen. Als er sein Gesicht zwischen ihre Schenkel herabsenkte, stellte er sich vor, wie er morgen früh ihre Hinrichtung beobachten würde. Er würde den stummen Sklaven Befehl geben, das Mädchen schön langsam zu pfählen. Ohne von der Raserei in seinem Kopf etwas zu ahnen, seufzte Anadil leise und spreizte die Beine ein bißchen weiter.

»Gefällt dir der Anblick?« fragte sie schelmisch.

»Ja, sehr«, sagte er und hätte wohl noch mehr gesagt, wenn sie seinen Kopf nicht noch näher gezogen und er sie nicht plötzlich geschmeckt hätte. Es war ein ungewohnter, bitterer und doch verführerischer Geschmack.

»So, jetzt sind wir soweit«, seufzte sie und war inzwischen tatsächlich feucht geworden zwischen den Beinen.

Aber kaum hatte Orkhan sich aufgerichtet, um sein Gewand abzustreifen, da sprang sie auch schon wieder davon.

»Ja, ja, wir sind soweit«, sagte sie. »Aber nicht hier oben, sondern da unten.« Sie zeigte auf die blanke Oberfläche der Eisgrube, trat von der Marmorplattform herunter und legte sich mit einem leichten Stöhnen aufs Eis.

»Komm zurück, Anadil! Doch nicht auf dem Eis! Was hast du denn gegen das Bett? Komm wieder rauf!«

»Auf dem Eis ist es besser. Deshalb sind wir ja in diesem Gemach. Die Kälte verzögert den Höhepunkt und steigert die Lust.« Sie wackelte verführerisch mit den Hüften. »Komm zu mir, mein Geliebter!«

»Das ist doch verrückt.«

Anadil warf ihm einen schmollenden Blick zu. Sie war offensichtlich enttäuscht.

»Wir dachten, ihr Prinzen im Käfig wärt Männer aus Stein, unverletzlich gegen Kälte, Hunger und Schmerz und zu allem bereit. Aber jetzt liegt ein kleines Haremsmädchen wie ich auf dem Eis, und du traust dich nicht zu mir her.«

»Das ist doch verrückt«, sagte Orkhan einfältig.

»Komm, sei nicht langweilig. Auf dem Eis macht es viel mehr Spaß. Außerdem werde ich unter dir liegen wie dein Gebetskissen oder über dir wie eine Decke. Laß mich doch hier nicht allein frieren.« Sie streckte ihm bittend die Arme entgegen.

Orkhan spürte, wie ein Feuer in seinem Inneren schmolz. Er mußte sie einfach haben. Er ließ sich aufs Eis hinunter, und Anadil betastete bewundernd seinen kräftigen Körper, ehe sie ihn umschlang. Sie griff nach seinem Pflaumenzweig (oder wie immer sie das Ding genannt haben mochte) und führte ihn sich zwischen die Beine. Und obwohl Orkhan geglaubt hatte, er würde vor

Begehren platzen, noch ehe er in sie eindrang, stellte sich jetzt heraus, daß Anadil recht gehabt hatte: Das Eis verzögerte den Höhepunkt, weil ihre Körper keinen Halt darauf fanden, sondern hilflos darauf herumrutschten.

Anadils Haut war überall von kleinen Wassertröpfchen bedeckt. Während sich Orkhan in ihr bewegte, glaubte er etwas Dunkles in der Tiefe des Eises sehen. Ein großer, regloser Fisch oder nur ein Schatten der Seele? Es war ein eigenartiges Ringen zwischen der Hitze des Begehrens und der Kälte ihres eisigen Bettes, fand Orkhan.

Alle Koketterie und Boshaftigkeit war jetzt aus Anadils Gesicht gewichen. Sie hatte ihre Beine um seinen Rücken geschlungen und weinte vor Enttäuschung, während er seinen Pflaumenzweig immer heftiger in sie hineinstieß. Er wiederum kämpfte so verzweifelt um einen Orgasmus im Körper dieses befremdlichen Wesens, daß er inzwischen gern bereit gewesen wäre, sich am Morgen selbst pfählen zu lassen, wenn er nur jetzt erhielt, was er wollte. Nur das Jetzt zählte, alles andere war ihm egal. Schließlich ergoß er sich in einem starken, heißen Strom glühender Lava.

»Oh, mein Sultan!«

Kurze Zeit lagen sie sich erschöpft in den Armen. Dann zappelte Anadil ungeduldig unter ihm. »Jetzt hab ich einen kalten Hintern. Komm, mach ihn mir wieder warm.«

Damit glitt sie unter Orkhan hervor und kniete sich in das eisige Schmelzwasser. Er streichelte ihren nassen Rumpf und wischte die kleinen Eisstückchen von ihrem Rücken.

»Davon wird mein Hintern nicht warm. Wenn du willst, kannst du ihn schlagen.«

Er richtete sich auf, und als er ihren weichen kleinen Hintern sah, rührte sich sein Begehren schon wieder. Er hob die Hand, aber noch ehe er einen Schlag führen konnte, stieß Anadil einen Schrei aus. Sie hob den Kopf und blickte über die Schulter zurück. Ihr Gesicht war schreckverzerrt, und ihre Zähne klapperten, so daß es unmöglich war, sie zu verstehen. Schließlich hörte Orkhan sie sagen: »Im Eis da unten ist ein Gesicht! Wir haben uns auf einer kalten Gruft geliebt! Sieh doch nur! Sieh nur!«

Als er sich über Anadils Schulter beugte, konnte Orkhan tatsächlich einen Leichnam unter der dicken Eisschicht erkennen: Sein Bruder Barak grinste mit starrer Miene zu ihnen herauf.

Der fette Schmetterling

Als sie aus der Eiskammer kamen, versperrten ihnen zwei stumme Sklaven den Weg, während ein dritter im Hintergrund des Korridors verschwand, als er sie sah. Nach kurzer Zeit kam er mit dem Wesir zurück.

Noch ehe Orkhan den Mund öffnen konnte, hatte der Wesir schon zu reden begonnen.

»So, jetzt habt Ihr Euren Bruder wiedergesehen, von Angesicht zu Angesicht, ganz wie versprochen. In diesem Palast werden alle Versprechen gehalten. Nur leider fast nie so, wie man es erwartet. Dennoch war es gut gemeint, daß Euch Euer Bruder gezeigt wurde.«

»Gut gemeint!«

»Ja, es war als klare und lebhafte Warnung für Euch gedacht. Ich denke, es ist wie die Aufzucht von jungen Löwen. Wie jedermann weiß, werden die Löwenjungen stets totgeboren, aber die Löwin in ihrer Liebe kümmert sich um sie und leckt sie zurecht, und nach ein paar Tagen sind sie lebendig. Dennoch geschieht es zuweilen, daß ein Löwenjunges … nicht zurechtgeleckt werden kann.«

»Du meinst, daß die Walide meinen Bruder hat umbringen lassen?«

»Eine Mutter ihren eigenen Sohn töten? Sie ist doch auch Eure Mutter! Wie könnt Ihr so etwas von ihr denken?« Der Wesir schien ehrlich schockiert. Dann allerdings fuhr er fort: »Dennoch ist es immer lohnend, wenn man die Wege des Tierreichs betrachtet. Die Geschöpfe der Wüste und des Dschungels können den politischen Kopf sehr viel lehren.«

»Aber was kannst du mich lehren? Wer hat Barak getötet?«

»Wilde Spekulationen verfehlen das Ziel. Barak war wie ein Mann, der im Schneesturm auf einem schmalen Grat balanciert. Als er nach unten geschaut hat, verlor er die Nerven, und als er die Nerven verlor, hat er zugleich auch den Halt und sein Leben verloren. Ich glaube, Ihr solltet Euch Euren Bruder am besten wie einen Bergsteiger vorstellen, der Pech gehabt hat. Andererseits könnt Ihr Euch Euren Bruder aber auch als jemanden vorstellen, der behaglich bei einem Fest sitzt. Dann kommt der Tod als Mundschenk und reicht ihm einen bitteren Becher. Euer Bruder greift danach, nimmt einen langen Zug und dann ist es vorbei. Ja, das ist vielleicht besser – stellt Euch Euren Bruder als einen Mann vor, der von einem Fest weggeht.«

Plötzlich dachte Orkhan an Anadil. Er wollte nicht, daß sie jemandem erzählte, was in der Eiskammer passiert war, und er wollte auch nicht, daß sie weitersagte, worüber er jetzt mit dem Wesir sprach. Er wandte sich zu ihr um, in der Absicht, sie umgehend verhaften zu lassen, aber sie war plötzlich nicht mehr zu sehen. Daraufhin sagte er zu seinem Wesir: »Dieses Mädchen, das mit mir zusammen war, soll unter strengen Arrest gestellt und von den taubstummen Sklaven bewacht werden.«

»Augenblicklich werde ich dafür sorgen, daß Eure Befehle befolgt werden, o Sultan«, sagte der Wesir, sah aber sehr nachdenklich aus. »Sie hat Euch also nicht gefallen? Ich dachte mir doch gleich, daß eine häßliche besser für Euch wäre. Es ist nämlich so, daß man bei häßlichen Frauen ...«

»Erzähl mir das ein andermal! Kümmere dich jetzt lieber darum, die Minister zusammenzurufen zu einer sofortigen Kabinettssitzung.«

»Augenblicklich, mein Sultan. Die Minister sehnen sich danach, im Glanz Eurer Sonne zu baden, die sich so strahlend erhebt. Aber sie sind zerstreut in der Stadt, und es wird eine Weile dauern, sie holen zu lassen, außerdem seid Ihr doch bestimmt hungrig. Es ist längst Zeit, etwas zu essen. Seit Ihr aus dem Käfig gekommen seid, habt Ihr noch nichts zu Euch genommen. Ich werde veranlassen, daß Euch ein kleiner Imbiß gebracht wird.«

»Aber dann sorge dafür, daß nach den Ministern geschickt und das Mädchen unter Arrest gestellt wird. Ich bin ungeduldig. Ich muß etwas tun.«

»Ja, Ihr seid wie Euer Bruder.«

Der Wesir brachte Orkhan in ein weiteres kleines Gemach. Der größte Teil des Fußbodens war mit Kissen bedeckt, in der Mitte stand ein niedriger Tisch. Nachdem er Orkhan vor diesen Tisch geführt hatte, wollte er schon wieder davoneilen, da fiel ihm noch etwas ein: »Ach, verzeiht, noch eine kleine Frage: Ihr habt doch nicht etwa die Viper in der Taverne der Parfümeurs trinken lassen?«

»Natürlich nicht.« Orkhan versuchte, seine Lüge mit zorniger Ungeduld zu verdecken. »Was redest du überhaupt?«

»Nun, dann kann ja noch alles gut werden«, versprach der Wesir.

Ein paar Augenblicke später erschienen die stummen Sklaven mit großen Silbertabletts voller Leckerbissen. Orkhan aß und döste ein wenig. Als nächstes spürte er, wie jemand ihn wachrüttelte. Der Wesir beugte sich besorgt über ihn. »Die Walide wünscht Euch zu sehen. Ich werde mit Euch kommen und auf Euch warten, damit ich Euch aus der erhabenen Gegenwart Ihrer Majestät direkt ins Audienzgemach bringen kann, wo der Ministerrat sich versammelt.«

Wieder gingen sie quer durch den Garten zum Pavillon aus Porzellan. Diesmal fand es Orkhan unmöglich, mehr als ein paar Schritte ins Innere zu machen. Ein großer Teppich – der Teppich des Übermuts – bedeckte den Porzellanboden, und ein zappelnder Berg von kichernden und kreischenden jungen Frauen tobte darauf herum und zeigte dabei in größter Unbefangenheit die verschiedensten Körperteile, die in der Öffentlichkeit besser nicht gezeigt werden sollten. Immer weitere Frauen warfen sich auf den Haufen, nachdem sie gewürfelt hatten und auf diese Weise bestimmt worden war, auf welche Quadrate des Teppichs sie ihre Hände oder Füße setzen mußten. Aus der Mitte des zappelnden Haufens drangen jammernde Stimmen, die vergeblich baten, noch einmal würfeln zu dürfen, um ihre Position zu verbessern.

Vom anderen Ende des Raumes her sah die Walide nachsichtig zu. Als sie Orkhan erblickte, zeigte sie auf die Frauen und fragte: »Na, willst du mitmachen, Orkhan?«

Er schüttelte heftig den Kopf.

»Aber ich glaube, irgendwo da drin ist eine Spielgefährtin von dir.«

Wie zur Antwort auf diese Worte tauchte Anadils triumphierender Kopf aus der wogenden Masse von Kleidern und Leibern. Obwohl sie ihn freundlich anlächelte, betrachtete Orkhan sie und ihre Gefährtinnen, die auf dem Teppich des Übermuts lagen, mit Abscheu. Er dachte an den im Eis gefangenen Barak.

Die Walide schien Orkhans Feindseligkeit gänzlich zu übersehen. Sie lümmelte sich bequem in die Kissen und lächelte träge. Um sich bei all dem Kreischen und Kichern der jungen Frauen verständlich zu machen, mußte sie die Stimme heben.

»Auf dem Teppich hat die arme Anadil nicht viel Glück heute. Aber soviel ich gehört habe, ist sie bei ihren Spielen mit dir heute vormittag sehr viel besser gefahren. Ihr hattet einen kleinen Ringkampf, hab ich gehört, und sie hat deinen Kopf gefangen – in einer Beinfessel. Das zählt doch wie ein Schultersieg, oder? Was wird denn ihr Preis sein?«

Orkhan wollte sagen, daß Anadil nichts anderes als sofortige Festnahme und langsames Pfählen verdiente, aber in der jetzigen Situation, in Gegenwart der Walide und dieser Horde kichernder Frauen, schien es ganz unmöglich, so etwas zu sagen. Er zögerte. Dann fiel ihm ein, daß er ja schließlich der Sultan war. Also holte er tief Luft und sagte: »Was sie verdient, ist der Tod. Anadil wird verhaftet, und diese Albernheiten hier haben auf der Stelle ein Ende.« Empörte Schreie erklangen vom Boden.

»Es soll also niemand mehr lachen und Anadil soll sterben, damit du deinen jämmerlichen Stolz bewahrst?« rief die Walide. Sie lächelte nicht mehr. »Eine schöne junge Frau soll abgeschlachtet werden, bloß weil mein Prinz schmollt?«

Orkhan machte sich nicht die Mühe zu antworten. Er stürzte aus der Tür und stellte wütend den Wesir zur Rede, der voller Angst auf ihn wartete.

»Du jämmerlicher Sklave«, schrie Orkhan, »ich dachte, ich hätte dir befohlen, Anadil zu verhaften.«

»Ja, leider, mein Sultan! Ein jämmerlicher Sklave bin ich tatsächlich; denn ich habe die Eunuchen überall nach ihr suchen lassen, aber sie konnten sie einfach nicht finden.«

»Sie war im Pavillon und hat mit den anderen Konkubinen alberne Spiele gespielt. Verhafte sie jetzt auf der Stelle – und die Walide soll in ihre Gemächer gebracht und unter Hausarrest gestellt werden. Ich will, daß sie mit niemandem spricht.«

»Ich werde nicht säumen, Euren Befehl auszuführen. Ich fliege wie ein Pfeil von der Sehne, ich werde zur Verkörperung Eurer Worte und zum Atem Eures Willens, mein Sultan; denn die Erfüllung Eurer Wünsche ist unser höchstes Bestreben. Wollt Ihr mir jetzt zum Ratssaal folgen?«

Der Wesir faßte Orkhan am Ärmel und zog ihn hinter sich her. Während sie den Porzellanpavillon hinter sich ließen, murmelte der Wesir vor sich hin, als spräche er mit sich selbst: »Es gibt Tore, durch die man niemals hindurchgehen sollte. Es gibt Schlüssel, für die es kein Schloß gibt. Es gibt verborgene Winkel in den Quartieren der Frauen, die für keinen Mann sicher sind. Es gibt Korridore, wo ein Mann seine Nase besser nicht hineinstecken sollte. In diesem Palast gibt es Türen, die einen Mann aus der Welt schaffen können ... Aber Ihr sagt ja, die Viper sei nicht in die Taverne gegangen. Das zumindest ist gut.«

»Sprich deutlich oder schweig stille!« befahl Orkhan.

Der Wesir warf ihm einen scharfen Blick zu. »Ja, das sehe ich schon: Bei Euch muß ich deutlicher werden. Ihr müßt verstehen, daß die schwärende Untätigkeit der Haremsfrauen ständig ungezogene Gedanken erzeugt, so daß sie alle möglichen Dinge tun, die sie nicht tun sollten. Im Beet der Langeweile wachsen die Blumen des Bösen. Einer der übelsten Tricks der Konkubinen besteht darin, daß sie zwischen ihre Schenkel eine suchterzeugende Creme schmieren. Ein Mann, der sein Gesicht dort hingelegt hat, wo er es nicht hätte hinlegen sollen, und von dem süßen Gift gekostet hat, wird alsbald süchtig. Am Ende wird er vor den Frauen auf den Knien liegen und mit heraushängender Zunge um mehr betteln. Er wird glauben, daß es nichts Wichtigeres mehr gibt, als noch einmal kosten zu dürfen. So können die Haremsmädchen ihre Herren in Sklaven verwandeln. Das gehört alles zu dieser abscheulichen Geschichte mit den Gebetskissen.«

»Was für eine Geschichte mit den Gebetskissen?«

»Ah, da ist ja der Ratssaal! Die Minister werden sicher bald kommen. Als Euer Wesir kann ich Euch nur raten, nach nichts zu fragen, was Euch nichts angeht, damit Ihr nichts hört, was Euch nicht gefällt.«

Der Ratssaal erwies sich als geräumiger Kiosk aus

Holz auf einem niedrigen Hügel in den Palastgärten. Die Wände im Inneren waren mit Jagdabenteuern, Picknicks und Schäferszenen bemalt. Es war ein angenehmer Raum, schien aber für Regierungsgeschäfte nicht besonders geeignet. Der Wesir, der offenbar nicht weiter über Gebetskissen ausgefragt werden wollte, machte eine hastige Verbeugung und eilte davon. Orkhan setzte sich auf eine der niedrigen, gepolsterten Bänke und harrte der Dinge.

Er hatte noch nicht lange gewartet, als jemand hereinkam. Was da auf dem Bauch zu ihm hinrutschte, war allerdings kein Minister, sondern erneut eine Frau. Es war aber nicht Anadil, denn der in eine enge schwarze Robe gehüllte Körper gehörte ganz offensichtlich einer älteren Frau mit sehr viel üppigeren Formen. Als sie die Bank erreicht hatte, auf der Orkhan saß, machte sie sich an die Arbeit, leckte ihm die Füße und saugte an seinen Zehen, ohne den Kopf zu heben oder etwas zu sagen. Ab und zu stöhnte sie, ob vor Lust oder Abscheu war nicht recht ersichtlich.

Orkhan war so überrascht, daß er ihr seine Füße eine ganze Weile lang überließ, ehe er sich faßte und seine Beine wegzog.

»Geh weg, du närrische Frau!« sagte er. »Ich bin nicht in der Stimmung für eure Spiele. Dies ist kein Ort der Lust, dies ist ein Ort der Amtsgeschäfte. Verschwinde, ehe die Minister eintreffen.«

»Aber, Herr! Ich bin ja ganz offiziell hier. Ich bin die erste Bittstellerin meines Sultans. Ich erniedrige mich vor dir, weil ich um Gnade bitten will für meine Herrin Anadil. Mein Name ist Perizade, das bedeutet Feen-Tochter.«

Jetzt erst hob sie den Kopf, und Orkhan sah ein tränenüberströmtes, dickes Gesicht. Perizades Nase war leicht gekrümmt und ihre Lippen geschwollen. Ihre großen Brüste lagen schwer in der schwarzen Robe. Als sie merkte, daß Orkhan ihren Busen anstarrte, sah sie gleichfalls darauf herunter und lächelte.

»Ich erniedrige mich vollkommen. Du kannst tun mit mir, was du willst. Ich bin des Sultans Gebetskissen. Tu mit mir, was du willst. Aber bitte vergib Anadil. Wenn du meiner Herrin nicht vergibst, wird sie böse mit mir.«

»Du irrst dich. Sie wird nicht böse sein, sondern tot.«

Perizade dachte darüber nach, sah aber nicht überzeugt aus. »Trotzdem mußt du Anadil begnadigen.«

»Ich *muß*? Müssen ist kein Wort, das man einem Sultan gegenüber gebraucht. Anadil ist meine Sklavin, und ich werde mit ihr verfahren, wie es mir gefällt.«

»Es ist wahr: Anadil ist deine Sklavin. Aber zuerst einmal ist sie Sklavin ihres eigenen Körpers. So ist es doch bei uns allen. Vom Augenblick der Geburt an schwimmen wir im großen Ozean des Begehrens, dessen sexuelle Gezeiten uns an unbekannte Küsten treiben, ob wir das wollen oder nicht.«

Orkhan schnaubte verächtlich, aber Perizade fuhr unbeirrt fort: »Eins ist sicher: Frei ist keiner von uns. Wir werden alle vom Schicksal getrieben. Das Schicksal ist wie ein verrückter Schreiber. Es schreibt unsere Lebensgeschichten auf unsere Körper. Es schreibt auf unsere Haut und bedeckt sie mit Linien und Flecken, mit Venen, mit Muttermalen, mit Sommersprossen und Pickeln.«

»Oho! Bist du eine Philosophin, Perizade?« Orkhan war wider Willen amüsiert.

»Ich bin Wäscherin, oh Sultan. Ich wasche Anadils Kleider und auch die der anderen Konkubinen. Sie ist jung, genauso wie du. Wenn sie heute töricht war, dann war das nur ein Kinderspiel und vielleicht der einzige Spaß, den sie je haben wird. Du bist ein Sultan, und wir sind deine Sklaven, aber wir sind auch alle Menschen. Anadil ist kein Spielzeug, das man zerreißen und wegwerfen darf, wenn es einem nicht mehr gefällt. Denk noch einmal darüber nach. Verschone meine Herrin, und ich werde dir alles gewähren, was du dir wünschst.«

»Und wie willst du, eine Wäscherin für die Sklaven, dem Sultan etwas gewähren, was er nicht längst hat?«

»Ich kann dir ein glückliches Leben verschaffen.«

»Ach ja? Bist du eine Glückssklavin oder so etwas?«

»So etwas Ähnliches. Ich bin Wahrsagerin. Meine Spezialität ist Phallomantie«, sagte Perizade und leckte sich die Lippen. »Zeig mir deinen Schwanz, und ich werde dir deine Zukunft voraussagen.« Sie erhob sich aus ihrer knienden Haltung und beugte sich über ihn, bis ihre Brüste direkt vor seinem Gesicht hingen. Dabei zerrte sie heftig an seinem Gewand. Orkhan, der höchst begierig war, etwas über sein Geschick zu erfahren, wehrte sich nicht im geringsten. Sein Glied versteifte sich augenblicklich, und Perizade machte sich daran, es zu lecken.

»Das ist nur, damit die Venen besser hervortreten«, erklärte sie beiläufig und konzentrierte sich dann wieder ganz auf ihre seherischen Bemühungen. Schließlich, als sie mit dem Ergebnis zufrieden war, faßte sie das geschwollene Glied mit Zeigefinger und Daumen und betrachtete ihr Werk.

»Ob Sultan oder Heringshändler«, sagte sie, »auf den ersten Blick sind sie alle recht ähnlich. Dem Wahrsager bleiben eigentlich nur ganz unauffällige Unterschiede im Verlauf der Venen, um seine Kunst anzuwenden.« Sie ließ ihre Fingerspitze über sein Glied gleiten. »Das hier zum Beispiel ist deine Herzlinie, und das hier ist deine Fortpflanzungslinie ... Der Geschmack ist übrigens auch nicht ganz unwichtig«, sagte sie ernsthaft. »Ich würde sagen, du bist ein gütiger Mann, du hast nur zu wenig Zärtlichkeit erfahren. Ach, das ist ungewöhnlich! Deine Schicksalslinie kreuzt sowohl die Bahn des Mars als auch den Gürtel der Venus. Interessant!«

»Was bedeutet das denn?«

»Ich werde schon ganz naß, wenn ich nur daran denke.

Das bedeutet, daß du dich verlieben und heiraten wirst, und wenn ich die Linien richtig deute, dann werden sich unsere Schicksale und unsere Säfte vermischen, denn ich bin die glückliche Frau, die du heiraten und zu deiner Frau machen wirst!«

Orkhan stieß ein bellendes Lachen aus.

»Doch, es ist wahr«, sagte sie. »Dein Schicksal folgt dem Mund der Wahrsagerin. Aber wenn du mir nicht glaubst, kannst du ja selbst sehen. So wie dir das Schicksal auf den Schwanz geschrieben steht, so ist es mir auf die Möse geschrieben. Die Wissenschaft der Vulvaskopie ist sehr alt. Heißt es nicht, rund um die Möse jeder Frau seien die Namen der Männer geschrieben, deren Schicksal es ist, in sie einzugehen? Komm her, komm und schau nach!«

Sie griff nach ihrem Rocksaum und zog sich das Kleid mit einiger Schwierigkeit über die Hüften. Dann ließ sie sich in die Kissen sinken und spreizte die Beine. Wider Willen neugierig geworden, senkte Orkhan tatsächlich sein Gesicht auf ihre molligen Schenkel herunter.

»Mein Schicksal steht wahrscheinlich auf den Fältchen in der Nähe der Klitoris«, sagte sie. »Beeil dich und sag mir, ob ich nicht deine Königin werde?« Ihre Stimme war längst nicht mehr die einer Bittstellerin, sondern klang jetzt schon eher befehlend.

Im Gegensatz zu Anadil war Perizade nicht glattrasiert zwischen den Beinen. Unsicher starrte Orkhan auf die gefaltete Vulva und wußte nicht recht, wonach er eigentlich suchte. Aber die Vorstellung, daß er tatsächlich den Mund des Orakels vor Augen hatte, ließ ihn nicht los. Er glaubte, den Mund sogar flüstern zu hören, und hatte den Eindruck, gerufen zu werden. Benommen ließ er sich noch ein wenig mehr sinken. Ihm schien, daß der eigenartige Mund tatsächlich die Macht hätte, ihm zu befehlen. Aber im allerletzten Moment fiel ihm die Warnung des Wesirs wieder ein, daß er die Viper nicht in der Taverne der Parfümeurs tränken dürfe, und er zog sich hastig wieder zurück.

»Was soll das, du dummer Mann?« rief Perizade mit schriller Stimme. »Ich will mein Schicksal wissen. Aber ich weiß sowieso, daß ich bestimmt bin, deine Königin zu werden.«

Orkhan gab keine Antwort, sondern starrte stumm auf Perizades Brüste und Hüften. Wenn er sich an Anadil erinnerte, dann hatte er ein Mädchen vor Augen, dessen Fleisch jung und gesund war, aber in gewissem Sinne auch ohne Leben. Perizades weicher, schwerer Leib dagegen war anders. Er schien von seinen Erfahrungen zu erzählen – von Mahlzeiten, die er verzehrt hatte, von Teppichen, auf denen er geruht, und von Männern, die er umarmt hatte – und war aus ebendiesem Grund begehrenswert. Orkhan mußte sie jetzt auf der Stelle haben, auch wenn er es bedauern würde, später. (Er war sich ziemlich sicher, daß er es bedauern würde.) Er näherte sich erneut und legte ihr die Hand auf die Hüfte.

»Was tust du?« Sie versuchte ungeschickt, ihr Kleid wieder herunterzuziehen und sich zu bedecken.

»Ich will dich, Perizade.«

»Das war aber nicht vorgesehen.«

»Das ist dein Schicksal«, erwiderte Orkhan.

Und so war es am Ende der Mann-mit-einem-Auge und nicht die Viper, der sich den Weg in die Taverne bahnte. Orkhan ging grob mit der Wäscherin um und nahm keine Rücksicht darauf, ob er ihr weh tat. Perizades Gesicht war unbewegt wie ein Stein und bedeckte sich langsam mit Schweiß. Sie gab sich keine Mühe, ihm zu helfen, aber ihr Körper zitterte unter seinen Stößen wie eine wassergefüllte Matratze. Sie hatte zu weinen begonnen. Sie wollte sich ihm nicht hingeben, aber am Ende tat sie es doch, und im letzten Moment schlang sie ihre Arme um ihn und umklammerte ihn.

Orkhan blieb lange Zeit auf ihr liegen, küßte sie und leckte ihr die Tränen von den Wangen. Als er sich schließlich zurückzog und von ihr herabrollte, sank er augenblicklich in schweren Schlaf. Aber bald schon wachte er wieder auf – und befand sich mitten in einem Alptraum: Ein unbewegliches Gewicht, irgendein Ungeheuer hockte auf seinem Gesicht, so daß er kaum noch atmen konnte.

Dann wurde ihm plötzlich klar, daß es sich gar nicht

um einen Traum handelte. Perizade saß auf seinem Kopf, und er hörte sie vergnügt glucksen. Er stieß sie herunter und warf sie heftig zu Boden. Aber so schnell er auch auf den Inkubus reagiert hatte: Er hatte nicht verhindern können, daß die Viper, so als wäre sie von einem eigenen Willen beseelt, zuvor noch an der Taverne genascht hatte.

Perizade kniete zu seinen Füßen, und ihr Kleid war immer noch zerknittert um ihre Hüften geschlungen, aber trotz ihrer demütigen Haltung schien sie äußerst zufrieden. »Jetzt, wo du auf den Geschmack gekommen bist«, sagte sie, »bin ich ganz sicher, daß du Anadil vergeben und mich zu deiner Königin machen wirst.«

»Du Hexe! Du hast dich geirrt! Du wirst Anadils Schicksal teilen!« Orkhan raffte sein Gewand zusammen und verließ hastig das Lusthaus.

Ein Papagei im Käfig

Der Himmel war inzwischen tintenblau und wurde immer noch dunkler. Ein stummer Sklave stand vor der Tür des Pavillons, und als er Orkhan herauskommen sah, wies er auf einen gekachelten Fußweg, der links und rechts von Paravents aus Seide und lackiertem Holz abgeschirmt war, auf denen Fackeln leuchteten. Orkhan folgte der Weisung des Sklaven, und Perizades Seufzen hinter ihm wurde leiser. Er hörte Wasser rieseln und, in einiger Entfernung, ein Tambourin und Frauenstimmen. Es war kühler geworden, und der Abend entfaltete neue Düfte. Orkhan ging langsam und achtete auf alle Bewegungen und Geräusche, denn er ahnte inzwischen, daß er durch ein vergiftetes Paradies wandelte. Schließlich endeten die Paravents, und er trat auf einen großen runden Platz, der von Zypressen und Zedern umrahmt war. In der Mitte stand ein ausgetrockneter Brunnen, und auf dessen gemeißelter Einfassung saß der bucklige Zwerg.

Diesmal begegnete Orkhan dem Wesir mit allergrößter Bestimmtheit.

»Verhafte diese elende Frau da hinten im Pavillon. Ich will sie nie wieder sehen – weder sie noch sonst irgend jemand dergleichen.«

»Dem Sultan zu dienen ist all unsere Freude«, entgegnete der Wesir, rührte sich aber nicht von der Stelle.

Orkhan warf dem Zwerg einen wütenden Blick zu.

»Wo sind eigentlich meine Minister? Sollten nicht wenigstens einige von ihnen jetzt da sein?«

»Es waren in der Tat schon einige Minister da«, erwiderte der Wesir. »Aber da Ihr diese Frau bei Euch hattet, oh Herr, schien es nicht angemessen, daß Eure Minister Euch störten. Also habe ich sie auf Zehenspitzen weggeschickt. Sie freuen sich natürlich sehr darauf, bei irgendeiner künftigen Gelegenheit Regierungsgeschäfte mit Euch zu erörtern. Und Perizade hat Euch nicht gefallen? Wir können ohne weiteres eine andere Frau finden. Meine Frau zum Beispiel ist genauso wie ich eine Bucklige. Ich könnte sie Euch leihen. Ihr werdet sehen: Sie ist eine echte Herausforderung, ich bin ...«

Orkhan brachte ihn mit einer Handbewegung zum Schweigen. Die beiden Männer sahen sich an. Dann, nach langem Schweigen, sagte Orkhan: »In Wirklichkeit waren gar keine Minister da, oder?«

»Nein.«

»Und es kommen auch keine Minister mehr? Weder jetzt noch in der Zukunft?«

»Nein.«

»Und du hast Anadil nicht verhaftet?«

»Nein.«

»Und du wirst auch Perizade nicht verhaften?«

»Nein.« Der Wesir sah leicht verlegen aus. »Ich bin der Sklave des Sultans. Ich habe gehofft, es würde alles gut ausgehen, deshalb wollte ich nicht, daß Ihr hören müßt, was Euch nicht gefällt.«

»Du hast leider gründlich versagt, denn ich bin höchst unzufrieden. Du bist nicht mehr mein Wesir! Aber ehe ich dich verhaften lasse, wirst du dich erklären.«

Noch während er sich reden hörte, wußte Orkhan schon, daß seine Worte hohl waren, und der Wesir wurde regelrecht höhnisch: »Ihr könnt mich nicht verhaften lassen! Ich glaube, Ihr lebt in irgendeinem blutrünstigen, egomanischen Alptraum. Ihr rennt herum und gebt Befehle: Verhafte diesen! Verhafte jenen! Laß diese oder jenen hinrichten! Aber die Welt, in der Ihr Euch befindet, ist nicht so. Es steht nicht mal in Eurer Macht, mich als Wesir zu entlassen.«

Orkhan ließ sich neben den Wesir auf die Brunneneinfassung sinken. »Dann sag mir doch: Wie ist die Welt wirklich? Ich glaube, es wird Zeit, daß du mir sagst, was mir vielleicht nicht gefällt.«

»Oh Herr, Ihr glaubt vielleicht, daß Ihr als Sultan über ein Reich voller Männer gebietet ... aber hier im Harem werdet Ihr von einer Republik der Frauen im besten Falle geduldet. Es gab einmal eine Zeit – ungefähr vor hundert Jahren vielleicht – da herrschte der Sultan über den Harem und über den Palast genauso wie über das Reich. Aber dann kam es zur *fitna*. Das Wort *fitna* kennt Ihr ja sicher. Es kommt aus dem Arabischen. Es bedeutet Streit, Aufruhr und Revolution, es kann aber auch Versuchung heißen oder Verführung. Es hat auch noch andere Bedeutungen. Es bedeutet Prüfung, Verbrennung und Schmelze, Verrücktheit, Begeisterung, Besessenheit und Verzückung. Schließlich bedeutet *fitna* auch ganz einfach Frau. Vor hundert Jahren haben die Frauen ihre Verführungskünste benutzt, um eine Revolution im Palast zu veranstalten. Mit List, Betrug und Drogen haben sie den damaligen Sultan zu ihrem Sklaven gemacht, und seit damals kontrolliert die jeweilige Walide alles, was vorgeht. Die Eunuchen, die stummen Sklaven und die Haremsmädchen gehorchen alle nur ihrem Kommando – ausschließlich ihrem Kommando.«

»Dann bin ich also … dann ist der Sultan nur noch ein Spielzeug des Harems?«

»Ach, wenn es nur das wäre! Man könnte sich ja wahrlich Schlimmeres vorstellen. Nein, die Dinge haben sich leider viel übler entwickelt. Es ist alles wegen dieser teuflischen Bewegung, der Gebetskissen-Verschwörung …«

»Was ist das für eine Geschichte mit diesen Gebetskissen?«

»Fragt nicht. Es ist besser, wenn Ihr nichts davon wißt – wenn es nicht unbedingt sein muß.«

»Nein, die Zeit der Geheimnisse und des Geflüsters ist vorbei. Jetzt will ich endlich alles wissen. Sprich klar und deutlich und sag mir, was so schrecklich gefährlich an diesen Gebetskissen sein soll.«

»Nun ja, wenn Ihr unbedingt wollt ... aber es wird Euch leid tun, daß Ihr gefragt habt. Natürlich sind Kissen nicht weiter gefährlich, wenn man darunter ein weiches, besticktes Polster versteht, auf dem man sich ausruht. Das, wovon ich spreche, ist die sogenannte ›Gebetskissen-des-Fleisches‹-Bewegung. Das ist ein sehr alter und gefährlicher Irrglaube, dem bestimmte Völkerstämme in den Wäldern und sumpfigen Niederungen des Balkans anhängen. Obwohl sie aus dem Balkan kommt, hat diese Häresie mit dem Islam oder dem Christentum nichts zu tun; denn sie ist wesentlich älter als beide. Ihre Anhänger halten es für erwiesen, daß man nur auf einem Weg zu Gott gelangen könne, und zwar über die Frauen. Sie glauben, daß Frauen nicht derselben Art angehören wie Männer. Frauen sind gewissermaßen Geister, freundliche Dämonen, denen Gott auf Erden Fleisch und Blut gegeben hat, damit sie den Fortschritt der Männer auf dem Weg zur Erleuchtung beobachten. Die Frauen sind die Gebetskissen, und der Verkehr mit ihnen bereitet die Männer auf die mystische Vereinigung mit der Gottheit selbst vor.«

Orkhan dachte über die Worte des Wesirs nach und sagte dann: »Nun ja, das klingt verrückt und wunderlich genug, aber was ist daran so gefährlich? Warum sollte irgend jemand vor den Gebetskissen des Fleisches Angst haben?«

»Ach Herr, Ihr dürft nicht vergessen, wenn ein Mann regelmäßig Verkehr mit einer Gebetskissenfrau hat, führt das zu seiner völligen Zerstörung und Umformung; das ist die Bedeutung der *fitna*. Nachdem er einmal verführt worden ist, zerschmilzt seine Seele, und es kommt zur Verzückung. Es kann durchaus sein, daß die Verzückung ihn tötet, aber ob er sie überlebt oder nicht, ist gar nicht wichtig. Der Mann ist schon lange zuvor zur völligen Selbstaufgabe gebracht worden, und seine eigentliche Persönlichkeit ist in den Feuern der Ekstase verbrannt. Das, was aus dem Bett wieder aufsteht, hat nichts mehr mit dem Mann zu tun, der sich mit dem Gebetskissen des Fleisches hineingelegt hat.«

Orkhan versuchte vergeblich, die Bedeutung dessen zu verstehen, was der Wesir ihm da sagte. Das Problem bestand darin, daß sich jedesmal, wenn der Wesir »Frauen«, »Frau« oder »Bett« sagte, die Zunge in Orkhans Mund rührte. Was interessierten ihn die Bedeutung eines arabischen Wortes oder die religiösen Ansichten einer Sekte vom Balkan? Wichtig war nur noch eines: daß die Viper, die sich hinter seinen Zähnen mal zusammen- und mal auseinanderrollte, endlich, endlich wieder zu trinken erhielt! Immer schwerer fiel es ihm, an etwas anderes zu denken als an weiche, weiße, fleischige Schenkel.

Schließlich mußte Orkhan es zugeben: »Ich verstehe kein Wort. Ich hab' keine Ahnung, wovon du eigentlich redest.«

»Ich verstehe es selbst nicht«, gestand der Wesir. »Nur die Frauen verstehen diese Dinge.«

Er hätte wohl noch mehr gesagt, aber in diesem Augenblick kam ein Mädchen in einer Pagenuniform den Fußweg herunter und übergab dem Wesir eine Nachricht. Nachdem er sie gelesen hatte, begann er heftig mit dem Mädchen zu streiten. Schließlich zuckte er die Achseln und schickte sie weg. Dann wandte er sich an Orkhan: »Wie es scheint, erwartet Mihrimah ihren Sultan.«

»Ist Mihrimah jemand, der einem Sultan befiehlt?«

Es erschien dem Wesir offenbar überflüssig, darauf zu antworten. Statt dessen sagte er: »Wir gehen in einen anderen Teil des Harems, der von denen, die Ihr bisher besucht habt, ein Stück weit entfernt liegt. Ich werde Euch unterwegs eine Geschichte erzählen.«

Die Geschichte, die der Wesir erzählte, ging folgendermaßen:

»Vor Jahrhunderten hat einer Eurer Vorfahren, einer der ersten, die den Titel Sultan trugen, seine Armeen gegen das Königreich Nabatea geführt. Dieses Nabatea war (und ist) ein übles Land voller Götzenanbeter, Zauberer, Giftmischer und Kannibalen, und die Armeen des Sultans haben es dementsprechend behandelt. Als sich die türkischen Soldaten zurückzogen, hinterließen sie nichts als verbrannte Erde.

Obwohl die Nabateer ein übles Volk waren, muß man doch zugeben, daß sie die Tugend der Geduld besaßen. Im selben Jahr, als die türkischen Armeen ihre Städte zerstörten, wurde dem König von Nabatea auch eine Tochter geboren. Der stolze Vater gab Befehl, der Nahrung des Kindes Gift beizumischen. Daraufhin wurden die Brustwarzen der Amme regelmäßig mit Gift eingeschmiert. Die Berichte darüber, welches Gift im einzelnen benutzt wurde, variieren beträchtlich. Vielleicht war es Arsen oder Quecksilber, vielleicht auch Aconitin. Aber was auch immer es gewesen sein mag, die Dosis war jedesmal so geringfügig, daß der Säugling davon nicht starb, sondern sich vielmehr daran gewöhnte. Auch als das kleine Mädchen heranwuchs, wurde seiner Nahrung stets Gift beigemischt, so daß am Ende sein gesamtes Blut mit dem tödlichen Stoff erfüllt war.

Dies alles geschah im Zeitalter der Giftmischer, als die Toxikologie noch die führende Wissenschaft war. Ach, wo sind sie geblieben, die großen Giftmischer? Heute gibt es sie kaum noch. Aber kehren wir zu dem Mädchen zurück! Der Name der Prinzessin war Aslan Khatun – sie war eine richtige Giftjungfer, und der

Speichel von ihren Lippen konnte Löcher ins Porzellan brennen. Als sie ins heiratsfähige Alter kam, schickte der König von Nabatea dem Sultan des Osmanischen Reichs eine Botschaft. Er schlug vor, einen ewigen Frieden zwischen den beiden Reichen zu schließen und diesen Frieden mit einer ehelichen Verbindung zwischen seiner Tochter und dem Thronfolger Prinz Nazim zu besiegeln. Sein Plan war natürlich, den Sohn des Sultans zu töten; denn sobald der Prinz die Prinzessin umarmte und dabei ihren Speichel oder die Säfte ihrer Scham berührte, würde er unweigerlich sterben. Der Körper von Aslan Khatun war durch und durch mit dem Gift imprägniert, und das Innere ihrer Vagina war wie ein Nest voller wütender Wespen. Sex mit einer Giftjungfer ist übrigens eine der anerkannten Todesarten für den Gerechten.

Der Sultan ging naiverweise auf den Vorschlag ein, und so machte sich Prinzessin Aslan Khatun auf den langen Weg von Nabatea nach Istanbul. Am Tag ihrer Ankunft wurde sie sogleich vor den Sultan geführt, und sein Sohn durfte sie ebenfalls noch am selben Tag sehen. Die Prinzessin war eine strahlende Schönheit – und das war durchaus wörtlich zu nehmen, denn ihre Haut besaß einen ganz eigentümlichen, silbrigen Glanz. Das war möglicherweise das Arsen, das man ihr eingeflößt hatte. Arsen soll ja angeblich gut für die Haut sein.

Natürlich verliebte sich Prinz Nazim auf der Stelle in

die Prinzessin. Als er ihre anmutige, schlanke Gestalt vor sich sah, wußte er, daß er kein anderes Glück mehr begehrte, als von ihrem Körper besessen zu sein. Und im Verlauf der Hochzeitsfeierlichkeiten an diesem Abend verliebte sich langsam und widerstrebend, ganz gegen ihren Willen, auch die Prinzessin in Prinz Nazim. Seit ihrer Geburt war sie von den Frauen am Hof ihres Vaters in allen Künsten der Verführung geschult worden, und obwohl sie gar nicht die Absicht hatte, konnte sie gar nicht anders, als den jungen Mann zu verführen, von dem sie zunächst nur gedacht hatte, daß er ganz nett sei, in den sie sich aber rasend verliebt hatte, wie sie jetzt merkte. Jede kleine Geste und jedes Wort, das sie sprach, wies hin auf die Freuden der Liebe. Sie kannte gar keine andere Sprache, und so lockte sie den Mann, den sie begehrte, aber nicht begehren durfte, in sein Verderben.

Schließlich nahte die Stunde, wo Prinz Nazim seine Braut ins Brautgemach führen mußte. Das war der Augenblick, für den man sie erzogen hatte. Jetzt sollte sie das Unrecht rächen, das man ihrem Vaterland angetan hatte. Aber die Rache für Nabatea war der Prinzessin längst vollkommen gleichgültig. Noch ehe der verliebte Prinz Hand an sie legen konnte, warnte ihn Aslan Khatun, er solle sie ja nicht berühren. Wenn er sein Leben liebe, solle er von ihr fernbleiben. Sie enthüllte ihm den ganzen bösen Plan ihres Vaters. ›Du darfst mich ansehen, aber ja nicht berühren‹, sagte sie ausdrücklich,

›denn ich liebe dich mehr als meinen Vater und seine giftigen Träume von Rache.‹

Aber Nazim war längst unsterblich in die Prinzessin verliebt, und als er ihr Geständnis gehört hatte, wurde er nur noch verrückter nach ihr. Er wußte, daß er sie liebte, daß er alles an ihr liebte, und wenn das Gift zu ihr gehörte, wenn es in ihrem Blut und ihrem Speichel kreiste und ein Teil von ihr war, dann liebte er auch dieses Gift. Rasch faßte er seinen Entschluß. Sein Leben zu verlieren für einen Augenblick liebender Vereinigung mit dieser strahlenden Frau war ein gutes Geschick. Das sagte er Aslan Khatun auch, und noch ehe sie sich wehren konnte, nahm er sie in die Arme und küßte sie voller Leidenschaft. Gierig trank er ihren bitteren Speichel, und in seinen letzten verbleibenden Minuten machte er sie zu seiner Frau, ehe er in großem Schmerz und höchstem Entzücken in ihren Armen verstarb.

Am nächsten Morgen kamen die Höflinge und fanden den Prinzen tot auf dem Brautbett. Sein Körper war schon ganz schwarz von den tödlichen Säften, die darin brodelten. Aslan Khatun saß klagend neben dem aufgeblähten Leichnam ihres Geliebten, und als sie darum bat, lebendig in der Gruft des Jünglings begraben zu werden, der für eine Nacht ihr Mann gewesen war, entsprachen die Höflinge dieser Bitte nur allzugern.«

Kaum hatte der Wesir die Geschichte beendet, da fragte ihn Orkhan, warum er sie erzählt habe.

»Muß denn alles einen Grund haben? Es ist einfach ein Märchen, das zur Unterhaltung erzählt wird.«

»Hat Barak auch mit so einer Giftjungfer geschlafen?« fragte Orkhan.

»Natürlich nicht. Es gibt keine Giftjungfern. Wie ich schon sagte, es ist bloß ein Märchen. Die Geschichte von Nazim und Aslan Khatun ist, genau wie die Geschichten von Majnun und Layla oder Khusraw und Shirin, ein romantisches Märchen, eine Liebesgeschichte. Ihr müßt die Geschichte genießen, und Ihr müßt Euer Leben genießen. Ihr seid jung, Ihr seid stark und ein Prinz. Ihr seid zum Abenteuer, zur Romantik und Liebe noch fähig. Ein alternder, buckliger Zwerg so wie ich hat nie ein Glück wie Ihr gekannt... Aber es war nicht die Natur, die mich so gemacht hat. Dafür verfluche ich meine Eltern. Wißt Ihr, was ein *gloottokoma* ist?«

Orkhan gab zu verstehen, daß er es nicht wußte.

»*Gloottokoma* ist ein griechisches Wort. Man bezeichnet damit eine Kiste zur Herstellung von Zwergen. Als Kind in Griechenland verbrachte ich die meiste Zeit des Tages in verschiedenen Kisten, die mich verkrüppeln und mein Wachstum hindern sollten; denn meine Eltern hatten beschlossen, daß ich ein Zwerg werden und für gutes Geld in den Palast eines Königs verkauft werden sollte. Je kleiner ich blieb, desto wertvoller war ich. Andere Leute in unserem Dorf erzogen ihre Töchter zu Konkubinen. Soweit ich mich erinnern kann, bestand das ganze Dorf aus Sklavenfarmen. In Ägypten muß es Tausende von Spezialisten zur Erzeugung von Amüsierkrüppeln geben. Jezira ist berühmt für die Herstellung ›lachender Männer‹: Mit ein paar kleinen chirurgischen Eingriffen werden die Lippen dabei so entstellt, daß sie ständig zu lachen scheinen. Auf diese Weise erzeugt man fröhliche Bettler, die gutes Geld bringen. Es gibt auch Spezialisten für birnenförmige Glieder und gigantische Hoden. Kisten und Käfige, in denen Ungeheuer wie ich erzeugt werden, gibt es überall auf der Welt. Das ist die Verdorbenheit unserer Zeit.«

Orkhan dachte darüber nach. »So schlecht ist es dir doch gar nicht ergangen. Immerhin bist du Großwesir des Osmanischen Reiches.«

Der Großwesir lächelte undurchdringlich. »Nun, wie auch immer. Ihr seid jung, die Nacht ist jung, und Ihr werdet Mihrimah sehen. Genießt, was kommt, solange Ihr könnt.«

Sie gingen ein paar schmale, überdachte Gassen hinunter, die links und rechts von Zellen für Eunuchen und Konkubinen gesäumt waren. Dann trat der Wesir beiseite, um Orkhan allein durch eine Tür und über eine Treppe hinuntergehen zu lassen, die in eine Art ovale Grube hinabführte.

Es lag ein scharfer Geruch in der Luft, den Orkhan nicht genau zu bestimmen vermochte. Auf dem Boden der Grube standen zahlreiche Kerzen, aber ein leichter

Luftzug brachte die Flammen so heftig zum Flackern, daß es eine ganze Weile dauerte, bis Orkhan bemerkte, daß die gegenüberliegende Seite der Grube durch einen hohen Gitterzaun abgetrennt war und hinter dem engmaschigen goldenen Gitter eine tiefverschleierte Frau stand.

Vorsichtig suchte Orkhan sich einen Weg durch die Kerzen, drückte sein Gesicht ans Gitter und musterte die Frau im Käfig. Sie trug eine Bluse aus weißer Seide und eine dünne, rosa Pluderhose aus Damast, die mit silbernen Blumen bestickt war. Eine breite rote Schärpe war um ihre Taille geschlungen und mit einer Schnalle aus Diamanten verschlossen. Ihre Füße waren in goldbesetzte weiße Lederstiefel gekleidet. Hinter ihr, an der Rückwand des Käfigs, war eine Tür, die mit einer grob gezeichneten schwarzen Katze bemalt war.

Orkhan sprach als erster.

»Wer seid Ihr, meine Dame? Und wer hat Euch da eingesperrt? Soll ich Euch freilassen?«

»Mein Name ist Mihrimah. Das bedeutet ›Sonnenmond‹. Aber mein Titel ist Durrah, der ›Papagei‹. Eingesperrt hat mich niemand. Ich habe vielmehr selbst veranlaßt, daß ich hinter Gittern bin. Das ist zu deinem Schutz, damit ich dich nicht töte.« Die Stimme der Frau war honigsüß, aber als sie sah, wie Orkhan sich an die goldenen Gitterstäbe preßte, wurde sie plötzlich energisch. »Wenn dir dein Leben lieb ist, versuch nicht, in den Käfig einzubrechen. Setz dich, und ich will dir erklären, warum der ›Papagei‹ im Käfig sitzt und was mein Name bedeutet. Setz dich, höre und staune.«

Orkhan gehorchte, und Mihrimah sagte: »Wir, die wir Gebetskissen des Fleisches sind, lehren und prüfen ununterbrochen, aber wir wiederholen uns nie, und kein Mann erlebt in unserer Obhut zweimal denselben Orgasmus. Die erste Unterrichtsstunde hat Anadil dir gegeben, und mir fällt die Aufgabe zu, den Stoff noch einmal mit dir zu rekapitulieren. Ich bin die zweite dir bestimmte Konkubine, und ich muß wiederholen, was du bisher gelernt hast, um sicher zu sein, daß du verstanden hast, was du erlebt hast. Deshalb trage ich den Titel ›Papagei‹. Wir wiederholen uns aber nicht wirklich; denn während du bei Anadil nur die Namen der Dinge gelernt hast, nenne ich dir die Bedeutung. So wie Anadils Schönheit nur der Schatten meiner Schönheit ist, hat sie dir mit ihrem Geplapper nur die äußeren Hüllen der Dinge beschrieben, während ich dir den inneren Sinn nennen werde.«

Orkhan dachte an Anadil, ihren überall herunterbaumelnden Schmuck und ihre albernen Lektionen über die Teile des Körpers. Aus dem Schatten heraus redete die blasse Mihrimah immer weiter darüber, daß Orkhan bisher nichts von der Liebe wisse, sondern nur vom Sex erfahren habe. Andererseits sei Sex eine notwendige Vorstufe, eine gedämpfte Version der Verzückung durch

Liebe. Sex mit dummen Menschen wie Anadil und ihrer Wäscherin sei eine gute geistige Übung für einen Mann. Gleich morgen solle er hingehen und die Vergebung der beiden Damen einholen, für den Liebenden sei das die beste Form der Demütigung …

Orkhan hatte sich inzwischen hingesetzt und hörte andächtig zu, während Mihrimah in ihrem Käfig auf- und abmarschierte und über die Mysterien von Liebe und Tod sprach. Der Mensch sei dazu geboren, das Vergehende und Flüchtige zu lieben, sagte sie, das Fleisch, das mürbe und schlaff werde. Wirklich lieben könne man die fleischliche Schönheit nur deshalb, weil sie vergänglich sei, und so weiter.

Natürlich war ihm alles ziemlich unverständlich, was Mihrimah über den mystischen Sex sagte, aber sie hatte eine schöne Stimme, und ihre Eitelkeit war genauso bezaubernd wie das Wippen ihrer Hüften beim Herumstolzieren in ihrem Käfig. Orkhan hätte nichts dagegen gehabt, einfach immer so sitzen zu bleiben und diesem Geschöpf zuzusehen. Aber dann dachte er plötzlich, daß er Mihrimah wahrscheinlich ihr ganzes okkultes Geschwätz über mondische Verzückung, die Freuden der Knechtschaft und was nicht alles in kürzester Zeit aus dem Leib stoßen könnte, wenn er nur seinen Schwanz in sie reinkriegte.

Er war gerade zu dem Ergebnis gekommen, daß Mihrimah wahrscheinlich eine sehr nette, ganz gewöhnliche junge Frau war und ihre verrückten Phantasien nur daher kamen, daß sie lange keinen Mann mehr gehabt hatte, als sie plötzlich vom Schmerzlichen Blick anfing.

»Noch vor dem Ende wirst du dich nach dem Tod sehnen schon deshalb, weil er dich von der Verzückung erlöst. Im Augenblick siehst du mich noch bekleidet, verhüllt und verschleiert, damit dich der Glanz meines nackten Körpers nicht blendet. Ich habe mich für dich bedeckt – ein Akt der Gnade, damit du nicht an der Verzückung stirbst. Aber wenn du bereit bist, werde ich dein Begehren jetzt steigern, indem ich dir gestatte, nacheinander die gefährlichsten Teile meines Körpers zu sehen.«

Orkhan nickte, und Mihrimah hantierte an den Bändern, mit denen ihre Bluse verschnürt war. Sie kniete sich hin, um ihre Brüste besser entblößen zu können, stützte sie mit den Händen und streckte sie dem Blick des Prinzen entgegen. Im Hintergrund hörte man eine Fanfare.

»Dies sind die ersten Gegenstände der Betrachtung«, erläuterte sie. »Wie hat Anadil sie genannt?«

»Sie nannte sie ihre Monde«, erwiderte Orkhan.

»Da hatte sie vollkommen recht, aber was, glaubst du, soll das bedeuten?«

Mihrimah kniete sich so nahe zu ihm hin, wie sie konnte, so daß die Spitzen ihrer Brüste schon die goldenen Gitterstäbe des Käfigs berührten. Sogar die Augenschlitze in ihrem schwarzen Schleier waren durch ein zartes Netz aus Fäden gesichert. Orkhan spielte mit dem Gedanken, daß ihr Gesicht womöglich durch Lepra oder etwas anderes schrecklich entstellt war.

Mihrimahs melodische Stimme setzte ihren gelehrten Diskurs fort. Ihre Brüste, sagte sie, seien tatsächlich das Abbild des Mondes im erotischen Kosmos und wie alle mondabhängigen Dinge ständigem Wandel und Verfall unterworfen. Sie müßten nicht nur als das geliebt werden, was sie jetzt waren, sondern auch als das, was sie irgendwann sein würden: welke, faltige Euter. Aber die Brüste seien auch Taubeneier und Granatäpfel. Und vor allem müßten sie als die Kleinen Gebetskissen verehrt werden, auf denen man Trost und Erbauung erfuhr, als *pars pro toto* für den gesamten weiblichen Körper, das Große Gebetskissen. Wenn sie zurück an die Mutterbrust wollten, strebten die Männer in Wahrheit zurück in die Arme der Gottheit. Die Doppelmonde seien gottgeschaffene Leuchttürme auf dem Weg dieser mystischen Reise nach Hause.

Während Mihrimah von rätselhaften, monderhellten Alabasterkuppeln schwärmte, betrachtete Orkhan ihre Brüste wie hypnotisiert. Sie waren in der Tat sehr hübsch, aber Orkhan fand, daß sie eigentlich gar nicht wie mystische Monde, sondern mehr wie junge Hunde aussahen, die man dringend streicheln mußte. Er spürte, wie sich zwischen seinen Beinen was regte.

»Schau meine Brüste an! Wirklich, schau sie dir an!« beharrte Mihrimah. »Sie scheinen sich dir anzubieten, ob ich es will oder nicht. Sie sind weich und verletzlich, und doch scheinen sie dich zu bedrohen, nicht wahr? Wie kann das sein?«

Als sie merkte, daß Orkhan nicht antwortete, zeigte sie mit dem Finger auf ihn und sagte: »Wenn du das nicht verstehst und meine Brüste nicht so zu sehen vermagst, wie sie gesehen werden sollten, dann sieh dich doch selbst an: so hart und gespannt, so fest und kompakt, aber mit einem Schwanz, den du nicht kontrollierst. Du bist ein starker, harter Mann, und doch wirst du von meiner Schwäche gefangen. Verführung ist nichts anderes als der Trick des Schwachen, um das Starke zu fangen. Das Starke will stets seine Stärke vergießen und sehnt sich danach, selbst schwach zu werden. Aber du mußt noch viel schwächer werden. Es ist Zeit für die zweite Stufe in der Disziplin des Schmerzlichen Blicks.«

Damit warf Mihrimah ihren Schleier ab und enthüllte üppiges goldenes Haar. Ihr ebenmäßiges, rundes Gesicht leuchtete im matten Kerzenlicht wie der Mond. Sie lächelte Orkhan zu, während sie ihren Vortrag über sich selbst und speziell ihr Gesicht hielt. Ihre Locken waren ein Netz, um den Geliebten darin zu fangen. Er, der Geliebte, war wie ein Vogel, eine Nachtigall, in einem flammenden Rosengarten gefangen. Doch sowohl der

Rosengarten als auch die Nachtigall waren verurteilt zu sterben, und ihre endgültige Vereinigung erreichten sie erst, wenn sich ihre Asche vermischte. War es edler, die Schönheit zu lieben, oder selbst schön zu sein? Wer hatte die bessere Rolle? Der Rosengarten oder die Nachtigall?

Sie redete immer weiter über die hohen Mysterien ihres Geschlechts, aber während er ihr Gesicht, ihre Brüste und Schultern betrachtete, überlegte Orkhan doch ständig nur, wie es wäre, das Fleisch dieser Frau tatsächlich unter den Händen zu haben. In ihm wuchs die Begierde, und der Schmerz zwischen seinen Beinen wurde so heftig, daß er dachte, er könnte nie wieder aufstehen, wenn er sich nicht Erleichterung verschaffte.

Er fuhr erst dann aus seinem dumpfen Brüten hoch, als Mihrimah plötzlich erklärte: »Jetzt werde ich dir mein anderes Gesicht zeigen.« Sie wandte sich um, öffnete die Schnalle an ihrer Schärpe und ließ, ohne auch nur einen Augenblick mit Reden aufzuhören, ihre Pluderhosen herunter.

»Auf diese Weise«, sagte sie, »besiege ich dich, indem ich mich erniedrige vor dir; denn der Weg des Liebenden besteht in der Selbstverleugnung ohne alle Hoffnung, daß die Begierde gestillt wird. Dies ist die vorletzte Übung des Schmerzlichen Blicks, bevor du mich ganz nackt erblickst. Betrachte jetzt meine Kehrseite und staune!«

Orkhan tat, was sie ihm sagte. Mihrimah wiegte sich in den Hüften und verlagerte ihr Gewicht von einem Fuß auf den anderen, so daß sich die beiden schweren, schimmernden Halbkugeln im grellen Licht hoben und senkten. Die Hinterbacken, erfuhr er, waren insofern wie die Brüste, als auch sie die Form des Mondes hatten und vom Mond regiert wurden. Sie waren blaß und schimmerten und konnten, ganz wie der Mond, den Verstand eines Mannes zerstören.

Orkhan gelangte zu dem Ergebnis, daß er Mihrimahs Hinterbacken noch schöner fand als ihre Brüste, denn sie hatten eine gebieterische Qualität, die den zarteren Brüsten doch fehlte. Und während sie ihm etwas über die Dünen erzählte, über die des Liebenden Hand wandern muß, über die weichen, weißen Wolken, welche die Gottheit vor seinen Augen verbergen, über die astrale Macht der hinteren Hemisphären und das bittere Geheimnis ihres dunklen Abgrunds, hob Orkhan heimlich sein Gewand und begann heftig zu masturbieren. Er bemühte sich verzweifelt, den Höhepunkt zu erreichen, ehe sich Mihrimah wieder umdrehte, aber gerade, als er sich in großen, heißen Stößen ergoß, drehte das Mädchen sich um und schrie voller Abscheu. Hinter ihr flog die Tür auf, ein Windstoß fuhr durch die Grube und stürzte Orkhan ins Dunkel. Es war, als hätte ein riesiger schwarzer Handschuh die Kerzen gelöscht.

Eine wilde, schreckliche Frauenstimme, die nicht Mihrimah gehörte, schrie: »Wehe dem, der die Prüfung des Schmerzlichen Blicks nicht besteht! In Dunkelheit und Schande soll er leben, als Gefangener seiner Lust!«

Im Giraffenhaus

Das Geschrei steigerte sich noch kurz und erstarb dann. Orkhan rührte sich nicht, sondern blieb im Stockfinstern sitzen. Wo sollte er schließlich auch hingehen? Grelle, leidenschaftliche Bilder wirbelten durch seinen Kopf – er hatte so viele neue Dinge und eigenartige Szenen gesehen, und alles in wenigen Stunden. Für manches, was er gesehen hatte, besaß er nicht einmal einen Namen. Von manchem besaß er den Namen, ohne die Sache zu kennen. Die »Verzückung« zum Beispiel war nur ein Name. *Davor* zumindest hatte er sich gerettet. Allmählich flatterten seine Augenlider und fielen herab, er sank zurück auf den Steinboden und schlief ein, wo er gesessen hatte. Aber selbst während er schlief, zuckte die Viper in seinem Mund ruhelos hin und her.

Was ihn weckte, war ein Rascheln, Kratzen und Murmeln. Orkhan öffnete die Augen und sah das Tageslicht durch eine Laterne im Dach der Grube hereinscheinen. In der Erwartung, Mihrimah zu sehen, warf er einen Blick in den Käfig, doch wo am Abend zuvor die schöne Mihrimah gestanden hatte, kroch jetzt eine alte Frau in einer groben, braunen Kutte herum. Ihr Kopf war weit heruntergesunken und erhob sich kaum noch über die Schultern. Bei näherem Hinschauen war es fast nur noch ein Schädel, denn das dünne Haar vermochte ihn nicht zu bedecken, die Haut spannte sich über den eckigen Knochen, und die Augen saßen tief in den Höhlen. Ein paar dünne schwarze Barthaare sprossen der Alten aus dem zahnlosen Kinn. Orkhan spielte mit dem Gedanken, wie es wäre, wenn er tatsächlich Mihrimah vor sich hätte. Hatte er womöglich siebzig Jahre geschlafen? War das jetzt die letzte Übung des Schmerzlichen Blicks?

Die alte Frau sah kurz zu Orkhan herüber, ehe sie in ihrer Arbeit fortfuhr, die offenbar darin bestand, den Käfig mit Stroh auszulegen.

Als sie ihre Arbeit beendet hatte, schlurfte sie durch die Tür im Hintergrund des Käfigs davon. Man hörte gedämpfte Rufe, dann öffnete sich die Tür des Käfigs erneut und ein Panther trabte herein. Ihm folgte ein muskulöses Mädchen mit kurzgeschnittenem rotem Haar. Bis auf die Beine war sie gänzlich in schwarzes Leder gekleidet – schwarzer Rock, ein geschnürtes ledernes Mieder und lange lederne Handschuhe. Sie hatte nackte Füße und trug eine Peitsche. Ihre Aufmerksamkeit war ganz auf den Panther gerichtet, so daß sie Orkhan gar nicht bemerkte. Sie reizte das Tier mit der Peitsche und patschte ihm sogar leicht auf die Schnauze. Der Panther fauchte wie ein Kätzchen, das einem Wollknäuel begegnet, schlug mit dem Schwanz und versuchte, die Peitschenschnur mit den Krallen zu fangen.

Schließlich war das Mädchen des Spiels müde und schleuderte die Peitsche beiseite. Der Panther sprang sie an und warf sie ins Stroh. Orkhan stieß einen erschrockenen Schrei aus, aber niemand beachtete ihn. Das Tier und das Mädchen tobten herum, rollten wild über- und untereinander. Eine Sekunde lang ritt das Mädchen auf dem geschmeidigen, samtigen Rücken des Panthers, dann sprang er weg, und im nächsten Augenblick lag sie unter ihm auf dem Boden. Ihr Rock war hochgerutscht, und sie trug nichts darunter. Aus dem Maul des Panthers tropfte Speichel auf ihre Schultern, und er schien sie mit seinen harten, grünen Augen verschlingen zu wollen, ehe er das Maul aufriß und ihr mit seiner rauhen Zunge übers Gesicht fuhr. Sie schlang ihre Arme um seinen Hals, und schon rollten sie wieder herum. Als ihm das Mädchen den Bauch streichelte, begann der Panther zu schnurren.

Plötzlich stieß die Pantherfrau einen Schrei aus. Sie hatte bemerkt, daß ihre Spiele von Orkhan beobachtet wurden, und sprang auf, als ob es ihr peinlich wäre, beim Spielen gesehen zu werden. Sie kam ans Gitter, und der Panther trottete hinter ihr her. Orkhan war sitzen geblieben und kriegte einen ebenso süßen wie scharfen Atemstoß des Tiers ins Gesicht.

»Wer bist du?« fragte das Mädchen und sah auf Orkhan herunter.

»Mein Name ist Orkhan. Ich bin dein Sultan.«

Das Mädchen schien weder überrascht noch beeindruckt. »Ich bin Roxelana«, sagte sie und suchte in ihrem Mieder, bis sie eine Kette mit einem Schlüssel am Ende herauszog. »Roxelana heißt ›die Russin‹.« Damit streichelte sie den Panther noch einmal, bückte sich nach der Peitsche, schloß die Käfigtür auf und kam zu Orkhan heraus. Der verlassene Panther warf ihm einen wütenden Blick zu.

»Ich nenne ihn Babur«, sagte Roxelana, trat dicht an Orkhan heran und sah auf ihren bisherigen Spielgefährten herunter. Ihr Gesicht war verschmiert, und auf ihrer Schulter war ein blutiger Kratzer. Sie roch nach Panther und Schweiß. Ihre Stimme war heiser, und ihre Brüste hoben und senkten sich, weil sie noch außer Atem war von ihrer Balgerei mit dem Raubtier. Ihre Brüste sahen ohnehin mehr wie zusätzliche Muskeln aus, fand Orkhan, und nicht wie die üblichen Körperteile von Frauen. Roxelana bestand genau wie ihr Panther aus einer harten Masse von Muskeln und Sehnen.

»Bist du eine Konkubine des Harems?« fragte Orkhan unsicher.

Roxelana lachte teils spöttisch, teils amüsiert. »Oh je, mit den Haremsfrauen will ich nichts zu tun haben. Nein, ich bin eine der Tierpflegerinnen im Kaiserlichen Zoo. Mir ist es viel lieber, den Tieren zu dienen als den Tussen im Harem.«

»Es gibt einen Kaiserlichen Zoo? Wo befindet der sich denn, Roxelana?«

Sie warf ihm einen eigenartigen Blick zu. »Na hier. Du bist mittendrin. Aus was für einem anderen Grund solltest du sonst vor einem Käfig mit einem Panther stehen und mit einer Tierpflegerin reden? Das da ist Baburs Käfig.« Dabei zeigte sie auf eine Messingplatte, die oben am Gitter angebracht war. Die schön geschwungene Inschrift mit zahlreichen kalligraphischen Schnörkeln besagte: *Das ist der PANTHER, herrlich in seiner Schönheit, dessen Atem so süß ist wie die Gewürze von Java.*

»Aber letzte Nacht war hier noch kein Panther«, sagte Orkhan und fragte sich, ob er allmählich verrückt wurde. »Letzte Nacht stand eine Frau da hinter den Gittern. Sie hat gesagt, sie heiße Mihrimah, und hat sich vor mir ausgezogen.«

»Ah! Mihrimah war das also? Das ist ein gräßliches Mädchen. Sie denkt, aus ihrem Arsch scheint die Sonne und aus ihrer Möse strahlt Mondlicht. Sie glaubt, sie sei die Mutter kosmischer Mysterien und ihr Körper ein köstlicher Garten, ein Meer, ein Brunnen, ein Spiegel, ein mystisches Gewand und am Ende noch so ein verdammtes Gebetskissen, auf dem die Männer knien, wenn sie das Allerheiligste anbeten. Sie ist verrückt, vollkommen verrückt ... Sie bildet sich ein, sie kann hier im Zoo herumspazieren, die Tiere rauslassen, die Käfige übernehmen und das Personal herumkommandieren. Wenn ich an die Unverfrorenheit dieser Kurtisanen und Tanzmädchen denke, bleibt mir ganz einfach die Luft weg. In Wirklichkeit sind Mihrimah und die übrigen Konkubinen zu gar nichts nutze, außer zum Ficken und Sticken. Sie liegen im Harem herum und denken dauernd an Sex, und diese Gedanken lassen ihre weichen Eingeweide verfaulen und zerfressen ihre kleinen Gehirne. Dieser ganze Gebetskissenquatsch, den sie predigen! Kommt alles nur davon, daß sie nicht genug richtigen Sex haben. Sie hocken in ihren engen Schlafräumen, befriedigen sich gegenseitig und phantasieren über Männer, dabei sind Eunuchen alles, was sie je zu Gesicht kriegen.« Sie machte eine Pause, um sich zu beruhigen und wieder zu Atem zu kommen, ehe sie fortfuhr. »Aber wir sind ja alle Gefangene hier: die Frauen, die Tiere und die Eunuchen. Der Hauptzoo ist natürlich drüben am Hippodrom. Das hier ist nur der kleine Zoo für den Harem, zur Unterhaltung der Konkubinen. Wir haben wilde Eber, Gazellen, Stachelschweine, einen Büffel und eine kleine Herde Giraffen ... Zwei von den Giraffen sind schwul. Sie benutzen ihre Hälse, um es miteinander zu treiben.«

Sie legte ihre Hand in seine, ihre Augen glänzten. »Komm mit, laß uns die schwulen Giraffen ansehen!«

Sie führte ihn aus der Grube auf eine überdachte, kopfsteingepflasterte Straße, die sich zwischen Käfigen und Vorratskammern dahinwand. Schließlich kamen sie zu einer niedrigen Pforte, über der geschrieben stand: *Dies sind die Jäger des Sultans, die auf Damenhandschuhen sitzen und darauf warten, den Tod vom Himmel zu bringen.* Roxelana duckte sich und trat ein. Orkhan folgte ihr zu den Käfigen. Falken mit federgeschmückten Lederhauben saßen unruhig auf ihren Sitzstangen. Roxelana erklärte, daß das bloß eine Abkürzung sei, und bald darauf gelangten sie durch eine weitere enge Pforte in den hohen, luftigen Giraffenstall. *Hier leben die glücklichen Nachkommen einer Kreuzung von Kamelen mit Leoparden*, stand auf dem Schild.

»Der Harem ist überall so beengt«, sagte Roxelana. »Abgesehen vom Hammam ist das hier das größte Gebäude, glaub' ich.«

Eine Giraffe war gerade dabei, ihren Hals um den einer anderen zu wickeln. Die Hände in die Hüften gestemmt, betrachtete Roxelana die Tiere. Sie war ganz offensichtlich begeistert. Orkhan folgte ihrem Blick. Die Tiere ähnelten den Giraffen im ›Bestiarium‹, das er im Käfig studiert hatte, kaum. Sie kamen ihm ziemlich merkwürdig vor. Andererseits fand er hier ohnehin alles sehr merkwürdig, und Roxelana war mit Sicherheit das allermerkwürdigste Wesen in ihrem Zoo. Sie tätschelte der trägen Giraffe die Flanke, um sie in ihrem Liebeswerben zu bestärken, dann drehte sie sich zu Orkhan um und lächelte ihn an. Er war überzeugt, noch nie so starke weiße Zähne oder so leuchtende Augen gesehen zu haben, und plötzlich wurde ihm klar, daß er sie verzweifelt begehrte. Er wollte sie unbedingt – er wollte sich von ihrer Tatkraft nähren und ihre überströmende Lebenslust trinken.

»Sind sie nicht herrlich?« sagte Roxelana und zeigte auf die Tiere, die begonnen hatten, sich zu liebkosen.

»Vergiß doch mal die Giraffen«, sagte er. »Was ist denn mit mir?« Er packte sie am Arm und stieß sie auf einen Strohhaufen.

Bereitwillig zog sie den Rock hoch. »Dann aber schnell! Wenn du mich willst, muß es gleich sein, ehe die Dschinns kommen.«

Das waren ihre letzten verständlichen Worte, danach begann sie lautstark zu stöhnen. Mit lebhaften Gesten drängte sie Orkhan, sich zu beeilen, während er noch mit seinem Gewand kämpfte. Selbst in der dunggeschwängerten Atmosphäre des Giraffenhauses konnte er Roxelanas Geruch deutlich wahrnehmen. Ihre Haut stank nach Speichel und angetrocknetem Schweiß. Wie es schien, hatte sie außerdem ranzige Butter benutzt, um ihrem glatten roten Haar etwas mehr Glanz zu verleihen. Die Innenseiten ihrer Schenkel waren feucht und rochen stark nach Raubkatze. Genau wie Anadil war sie zwischen den Beinen rasiert. Getrieben von der Viper in seinem Mund, versuchte Orkhan seinen Kopf dort zu begraben, aber Roxelana war viel zu ungeduldig dafür.

»Nicht so. Ich will etwas Größeres als deine Zunge.« Sie schüttelte sich unter ihm, zog ihn zu sich hoch und griff nach seinem Genital. Sie erinnerte Orkhan lebhaft an seine Brüder, mit denen er so oft gerungen hatte, und in voller Erregung fuhr er herrscherlich in sie ein. Sein Machtgefühl hielt sich allerdings kaum länger als einen Augenblick, weil das Mädchen heftig zappelte und mit den Füßen auskeilte. Ihre Augen rollten wild in den Höhlen, und ihre Zähne waren gefletscht. Schließlich bockte sie dermaßen, daß er sich nicht mehr zwischen ihren Schenkeln zu halten vermochte. Er legte sich neben sie und wartete darauf, daß ihre Raserei nachließ.

»Ach, ich bin verflucht!« jammerte sie. »Vergib mir, Herr: es ist ja nicht meine Schuld.« Inzwischen weinte sie heftig. »An alledem sind nur die Dschinns schuld. Immer, wenn ich auch nur an Sex denke, fahren sie in meinen Körper, und ich bin besessen. Es sind ausschließlich die Dschinns, die diese schrecklichen Dinge mit mir machen.«

Sie steckte ihren Kopf in den Strohhaufen und heulte. Schließlich hörte sie auf zu schluchzen, hob ihr tränennasses Gesicht und sagte zu Orkhan: »Ich muß gereinigt werden. Du kannst die Dschinns aus mir herauspeitschen. Bitte, die Dschinns müssen dringend aus mir heraus. Sie können keine Schmerzen vertragen, aber ich, Roxelana, kann alles ertragen. Wenn du mich auspeitschst, mein Sultan, wirst du meinen Körper ganz so genießen können, wie es dein Recht ist.«

Sie schien jetzt sehr ungeduldig zu sein, ließ ihren Rock fallen und arbeitete mit zitternden Fingern an ihrer Korsage. Auch dieses Kleidungsstück fiel zu Boden, und als sie sich umdrehte, sah Orkhan, daß ihre breiten Schultern schon mit einem Netzwerk feiner Narben überzogen waren. Dann drehte sie sich zu ihm um und drückte ihm die Peitsche in die Hand.

»Schlag mich«, flehte sie inständig. »Ich bitte dich, schlag mich. Mein Körper braucht das.« Damit drehte sie sich um, beugte sich vor und bot ihre Kehrseite zur Züchtigung an.

Orkhan schlug sie ein paarmal, aber sie war nicht zufrieden.

»Fester. Es muß viel fester sein. Du mußt das Blut fließen lassen; denn die Dschinns sind im Blut. Du mußt sie herauslassen.«

Ihr breiter Hintern schien wie gemacht für die Peitsche, und er schlug sie mehrere Male. Häßliche rote Striemen erschienen, und zum ersten Mal, seit er den Käfig verlassen hatte, fühlte Orkhan sich wirklich als Sultan, und während er auf Roxelana einschlug, hatte er gewaltige Phantasien, wie er mit Anadil und allen anderen Haremsdamen verfahren würde, sobald er Gelegenheit dazu hätte. Er schlug noch ein bißchen höher, ehe er innehielt, um wieder zu Atem zu kommen.

Da sagte sie: »Hör mal, du mußt doch mehr können als das. Selbst die Haremsmädchen haben mich schon härter geschlagen. Mach zu, ich will deine Überlegenheit wirklich spüren.«

Diese Worte erzielten sogleich die gewünschte Wirkung. Orkhan geriet in völlige Raserei. Alsbald begann Roxelana zu schreien und zu weinen, aber seine Wut war so groß, daß es eine Weile dauerte, bis er begriff, daß er aufhören sollte. Daraufhin drehte Roxelana sich um, kniete vor ihm nieder und küßte die Peitsche.

»Danke, Herr. Nun kannst du mit mir tun, was du willst«, sagte sie und legte sich wieder ins Stroh. Diesmal war es anders. Nachdem die Teufel weg waren, ließ sie sich brav penetrieren und umarmte ihn zärtlich, als er sich in ihr bewegte.

Als er sich ergoß, seufzte sie und sagte: »Danke, Herr. Es ist mir immer schwergefallen, denn die Dschinns in meinem Körper erlauben mir nicht, die Überlegenheit eines Mannes anzuerkennen. Jetzt endlich habe ich Frieden.« Tatsächlich schienen ihre Augen trübe und befriedigt zu sein. Plötzlich wurde Orkhan bewußt, daß sie mit ihrem blutigen Rücken schreckliche Schmerzen gehabt haben mußte, als sie sich ihm hingab.

»Hab ich dir weh getan?« fragte er törichterweise.

»Natürlich – ein bißchen, aber ich bin Schmerzen gewöhnt«, sagte sie gönnerhaft lächelnd. »Frauen halten ja ohnehin viel mehr aus als die Männer.«

»Das glaube ich nicht. Jeder weiß doch, daß Männer stärker sind und Schmerzen besser ertragen.«

»Bei allem Respekt, Herr, das glaubt ihr vielleicht, aber ich bin da ganz anderer Meinung. Frauen sind dazu geboren, mehr Schmerz zu ertragen, denk doch nur an den Geburtsschmerz, den müssen sie ja schließlich auch aushalten. Allein schon die Monatsschmerzen, die ich alle vier Wochen erdulde, kannst du dir nicht vorstellen. Deine Peitscherei war dagegen ein kleines Garnichts.« Ihre Augen leuchteten wieder, und sie warf ihm einen übermütigen Blick zu. »Ich wette, du könntest längst nicht so viele Hiebe ertragen, wie ich sie von dir gekriegt habe.«

»Das ist lächerlich, Roxelana. Natürlich könnte ich sie viel besser ertragen als du.«

»Dann probieren wir es doch einfach mal aus, ja?«

Orkhan zögerte. Warum sollte er sich von einer Tierpflegerin auspeitschen lassen?

Roxelana drängte.

»Komm schon, Herr! Es ist bloß ein Spiel, genau wie mein Spiel mit dem Panther. Solche Spiele machen erst richtig lebendig; denn wir gehen durchs Leben, als ob es ein Traum wäre. Der Schlag der Peitsche macht uns erst richtig wach. Dreh dich um und steh auf«, sagte sie. »Es wird dir gefallen. Vertrau mir.« Sie lächelte strahlend.

Ihr verführerisches Lächeln genügte. Er ließ sich herausfordern. Roxelana führte ihn in eine Ecke des Käfigs und zeigte auf ein paar Handschellen, die an Ketten von der Wand herabhingen.

»Die mußt du anziehen«, sagte sie.

Wieder zögerte er. Jetzt wurde sie wütend und stampfte mit dem Fuß auf.

»Du mußt sie anziehen, sonst ist es nicht fair. Es ist ja keine echte Prüfung, wenn du die Sache jederzeit abblasen kannst. Oder wenn du dich einfach umdrehst, mir die Peitsche wegnimmst und mich wieder schlägst. Du mußt mir vertrauen. Du mußt mir vertrauen, wie ich dir vertraut habe. Glaub mir, die Hälfte deines Glücks kommt daher, daß du der Frau mit der Peitsche in der Hand vertraust. Glaub mir, es wird nur eine ganz sanfte Auspeitschung – wie Schmetterlingsküsse auf deinem Rücken.«

Orkhan hielt ihr seine Handgelenke hin.

»Manchmal zähmen wir widerspenstige Affen damit«, sagte sie, als die Handschellen zuschnappten.

Dann hob sie die Peitsche. »Jetzt bin ich dran!«

Orkhan konnte nicht verhindern, daß er zusammenzuckte, als ihm der Riemen ins Fleisch schnitt. Roxelana konnte mit der Peitsche weit besser umgehen als er, und die Schläge kamen schnell und genau.

»Ach, mein Liebster!« hörte er sie rufen. »Wenn ich deinen Körper zeichne, dann nur, weil ich ihn begehre. Meine Peitsche zeichnet die Karte, die meinen Küssen den Weg zeigt.«

Dann nahmen die Schläge an Heftigkeit zu, und Roxelana schien in einer fremden Sprache zu sprechen. Gutturale Worte mischten sich mit Stöhnen und Zischen. Es dauerte nicht lange, bis Orkhan zu Boden sank und das Bewußtsein verlor. Als er wieder zu sich kam, lag sie auf ihm und leckte ihm das Blut von den Schultern.

»Du bist verrückt«, stöhnte er.

»Ja, das bin ich«, sagte Roxelana. »Meine Dschinns sind wieder da, und sie wollen dein Blut. Oh mein geliebter Gebieter, vergib mir, aber ich kann einfach nicht widerstehen.« Und damit küßte und leckte sie weiterhin seine Wunden.

Schließlich hob sie den Kopf und seufzte zufrieden. Als sie weitersprach, war ihre Stimme ruhig und sanft: »Der Kuß der Peitsche hat dich jetzt einiges über die Freuden des Leidens gelehrt. Aber was es bedeutet, eine Frau zu sein, weißt du noch längst nicht. Damit du eine Frau wirklich lieben kannst, mußt du lernen, was es heißt, eine Frau zu sein und geliebt zu werden wie eine Frau.« Sie streichelte ihm mit der Hand übers Haar. »Geh nicht weg, ja?« Damit war sie verschwunden und ließ Orkhan angekettet auf dem Boden des Giraffenstalls liegen.

Als sie zurückkehrte, schubste Roxelana ihn mit dem Fuß und drehte ihn so weit auf den Rücken, wie die Ketten es zuließen. Er sah zu ihr auf und stellte fest, daß ihr Mund rot von Blut war. Dann entdeckte er ein großes, rotglänzendes Ding, das sie sich mit einem komplizierten Arrangement von Riemen um die Hüften geschnallt hatte. Er stöhnte voller Entsetzen.

»Dieser Dildo«, sagte sie, »besteht aus dem Horn eines Einhorns. Er ist in rotes Saffianleder gehüllt, sorgfältig eingefettet und wird ausschließlich zum Deflorieren benutzt.« Sie streichelte mit ihrem großen Zeh seinen Mund, dann gab sie ihm einen Tritt und drehte ihn wieder um, so daß er mit dem Gesicht im Stroh lag. Dann schubste sie ihn noch einmal mit dem Fuß. »Du mußt dich jetzt hinknien.«

»Warte nur, bis ich wieder frei bin, dann wirst du dafür bezahlen.«

Aber Roxelana schlug ihn mit dem Griff der Peitsche, und Orkhan gehorchte.

»Und in welcher Form, bitte schön, soll ich bezahlen?« fragte sie spöttisch. »Willst du mich etwa auspeitschen lassen?« Sie spuckte in die Hände und benutzte ihren Speichel, um dem Instrument den Weg zu bahnen. Dann bestieg sie den Prinzen und rammte ihm den Dildo in den Leib; das heißt, sie versuchte es, aber Orkhan war sehr eng.

Sie flüsterte ihm heiß ins Ohr, nannte ihn »süßer Liebling« und »Spielzeug« und bat ihn, sich zu entspannen. Gleichzeitig stieß sie ihn mit dem Horn, das sie sich zwischen die Beine geschnallt hatte. Orkhan schien es wie eine große Faust, die ihn von unten bis oben zu spalten versuchte. Er hatte das Gefühl, gepfählt zu werden und die Tierfrau in sich zu tragen. Es war, als versuche ein dunkler Dämon von ihm Besitz zu ergreifen, der nicht bereit war, sich den Eintritt verweigern zu lassen.

Mit einem letzten Schauder spürte er, daß es dem Mädchen gelungen war, ihm das Horn in den Körper zu treiben. Lust und Schmerz stiegen köstlich vermischt in ihm auf, überwältigten seinen Willen, und so erlitt er schließlich einen Orgasmus.

Roxelana streichelte seinen Kopf. Er spürte ihre Brüste auf seinem Rücken, und obwohl er starke Schmerzen litt, wünschte er sich nichts sehnlicher, als sich umzudrehen und die Frau zu umarmen, die ihn vergewaltigt hatte.

»Jetzt, mein Sultan, ist der Heiligen Verzückung eine Pforte geöffnet«, flüsterte Roxelana und gab dem Horn noch einen zärtlichen Dreh. »Vielleicht bist du jetzt zur völligen Hingabe und Selbstauslöschung bereit, die zur vollendeten Liebe gehört.«

Sie hätte womöglich noch mehr gesagt, aber in diesem Augenblick hörte man Stimmen. Roxelana befreite sich aus dem Geschirr mit dem Dildo und witschte blitzschnell aus der Tür. Orkhan wurde für Augenblicke bewußtlos.

Als er wieder zu sich kam, sah er, daß Perizade neben ihm kniete. Er spürte, wie sie behutsam den Dildo aus ihm herauszog.

»Igitt!« sagte sie. »Der ist ja ganz blutig. Eine von den Tierpflegerinnen hat es mit dir getrieben. Anadil wartet draußen, aber so darf sie dich nicht sehen. Praktisch alle Konkubinen und ihre Dienerinnen haben nach dir gesucht. Zuerst dachten wir, du hättest womöglich versucht, aus dem Harem zu fliehen, aber dann haben wir uns überlegt, daß du gar nicht weglaufen konntest, weil du längst süchtig nach dem bist, was sich zwischen unseren Beinen befindet. Schließlich wurde uns klar, daß du wahrscheinlich im Zoo bist und eins der Tiermädchen dich zu ihrem Vergnügen entführt hat.«

Sie drehte Orkhan vorsichtig um. Er versuchte zu sprechen, konnte aber nichts sagen. Er versuchte aufzustehen, plumpste aber gleich wieder vornüber und lag mit seinem Kopf an Perizades Busen. Sie legte ihn zurück ins Stroh. Ihre schweren Brüste hingen tief über seinem Gesicht.

»Siehst du? Du kannst mir nicht entkommen. Ich bin dein Schicksal.«

»Perizade, bitte hilf mir«, keuchte er und hob ihr seine Ketten entgegen.

»Ich glaube, ich weiß, was dich wieder in Schwung bringt«, sagte sie fürsorglich. »Deine Viper ist durstig, nicht wahr?«

Ohne eine Antwort abzuwarten, zog sie ihren Rock hoch und hockte sich rittlings auf ihn. Langsam senkten sich ihre fleischigen Schenkel auf sein Gesicht, und die durstige Viper fand erneut ihren Weg in die Taverne der Parfümeurs.

Erst dann erhob sich Perizade und suchte in aller Ruhe nach den Schlüsseln für die Handschellen und nach Orkhans Gewand. Als Orkhan angezogen war und wieder auf den Füßen stand, nahm sie ihn bei der Hand.

»Wir werden niemandem sagen, was hier geschehen ist – nicht einmal Anadil. Es wäre nicht gut, wenn die kaiserlichen Konkubinen davon erführen. Aber jetzt mußt du gesäubert werden. Zeit für den Hammam.«

Die bösen Feen

Ein großer Philosoph hat einst bemerkt, das Gespräch mit einer schönen Konkubine sei wie das Studium der Geschichte. Sowohl das eine wie das andere ist köstlich, aber weder aus dem einen noch aus dem anderen lernt man auch nur das geringste. Anadil wartete draußen. Sie trug ein rosa Seidenkleid mit weißen Handschuhen und hatte einen Sonnenschirm in der Hand.

Sie fing an zu reden, sobald Orkhan in Hörweite war.

»Da bist du ja endlich. Hast du es mit einer von den Tierpflegerinnen getrieben? Ihr Prinzen seid doch alle gleich. Die anderen waren auch alle wie Tiere, und als sie aus dem Käfig kamen, hatten sie auch nichts anderes im Kopf, als Fleisch an Fleisch zu reiben. Dabei haben wir Haremsmädchen die Aufgabe, euch in den Künsten höfischer Liebe zu schulen.«

Sie hielt ihm die behandschuhten Fingerspitzen zum Kuß hin.

»Und halt gefälligst den Kopf runter. Ich mag es nicht, wenn man mich die ganze Zeit anstarrt. Wenn wir jetzt spazierengehen, mußt du mir sagen, wie hübsch ich bin. Außerdem darfst du mir sagen, was du mir für Dienste leisten könntest.«

Während er neben ihr herging, hatte Orkhan das Gefühl, in Anadils Parfüm zu ertrinken. Es heiße Ylang-Ylang, sagte sie. Orkhan fand, daß es stark an ein Begräbnis erinnerte: Es roch nach Marmor und dicken Teppichen, Grabgesängen und Weihrauch – schicksalsschwer und bitter. Perizade, die ein paar Schritte vorausging, sagte, der kürzeste Weg zum Hammam führe durch die Stallungen, aber Anadil erklärte, da würden sie noch tiefer in den Zoo geraten, und das wolle sie nicht. Während sie ihn durch den Harem führte, erteilte Anadil dem Prinzen ununterbrochen Belehrungen über die Art und Weise, wie er seinen Blick führen solle und wie er aus der profanen Sphäre des Sexus in die höheren Regionen der Liebe aufsteigen könne. Orkhan hörte bloß mit einem halben Ohr zu. Er hatte seine Augen auf Perizade gerichtet. Er bewunderte den Schwung ihrer Hüften und ihren geschmeidigen Gang.

Mit ihrer freien Hand faßte Anadil ihn am Arm. »Ich hoffe, du hattest Spaß beim Sex mit der Tierpflegerin. Von jetzt an bis zu deinem Tod gibt es so etwas nicht mehr. Es gibt überhaupt keinen Sex mehr... Sag mal, war dieses Mädchen auch so schön wie ich?«

»Nein, das war sie nicht.«

»Das ist keine richtige Antwort. Du mußt alle Einzelheiten aufzählen, in denen sie nicht so schön war wie ich.«

Orkhan stellte gehorsam eine Liste von Komplimenten zusammen, um Anadil zu gefallen, aber seine Augen blieben auf Perizade gerichtet, und seine Gedanken waren weit weg. Irgend etwas von dem, was Roxelana gesagt hatte, beunruhigte ihn, aber er konnte sich nicht erinnern, was es war. Denn inzwischen beunruhigte ihn praktisch alles – Anadils Parfüm, ihre Bemerkung über den Augenblick seines Todes, die Trostlosigkeit dieses Harems. Aus der Entfernung hörte man geisterhafte Eunuchengesänge. Aber die Wegstrecke, die sie gewählt hatten, war vollkommen verlassen und führte durch enge Passagen zwischen Rumpelkammern und leeren Empfangszimmern. Während er so mit Anadil und Perizade dahinwanderte, dachte Orkhan daran, wie die Frauen ihm ihre Körper zur Schau gestellt hatten, wie sein ganzer bisheriger Aufenthalt nichts als eine Reihe von sexuellen Exzessen gewesen war ... und plötzlich fragte er sich, ob der ganze Harem womöglich nur aus den Phantasien der Prinzen im Käfig bestand. Ihm schien, daß der Harem aus nichts Konkreterem als den Träumen der Männer gebaut war, die seine Gefangenen waren.

Sie kamen zur Passage der Zwerge, einer Doppelreihe von hundehüttenartigen Behausungen für die Hofzwerge. Anadil steckte ihren Kopf in einige der Türen, um zu sehen, ob die Zwergenfamilien zu Hause waren, aber auch hier waren alle Räume verlassen, und es gab niemanden, der ihnen den Weg gezeigt hätte. Obwohl Perizade schon in diesem Teil des Palastes gewesen war, konnte sie sich nicht erinnern, wie man von hier zum Hammam kam. Inzwischen war offensichtlich, daß sie sich hoffnungslos verlaufen hatten, und Orkhan konnte seine Ungeduld nicht verbergen.

»Wenn ich du wäre, hätte ich es nicht so eilig, meinen Bestimmungsort zu erreichen«, sagte Perizade betrübt.

»Perizade hat recht«, sagte Anadil. »Genieß die frische Luft und die wechselnden Ansichten. Es ist doch ein hübscher Spaziergang, den wir da machen.«

Aber schon ein paar Schritte weiter war der Weg plötzlich von der Gestalt eines riesigen Schwarzen mit schwarzem Mantel und schwarzem Turban versperrt, der einen gewaltigen Krummsäbel trug. Er schenkte ihnen ein breites Lächeln und sagte: »Anadil, meine Liebe!«

»Gerettet!« rief Anadil. »Das ist Emerald.«

»Hast du Schokolade für mich?« fragte Emerald.

»Heute nicht, Emerald. Laß uns jetzt bitte nicht darüber reden. Das ist dein neuer Gebieter, er heißt Sultan Orkhan, und das ist Perizade, meine Waschfrau. Wir suchen den Hammam. Du kannst uns den Weg zeigen, Emerald.«

Der Schwarze verbeugte sich: »Zu hören heißt zu gehorchen. Aber wollt ihr mir nicht erst einmal die Ehre erweisen, mit mir Kaffee zu trinken in meinen bescheidenen Räumen?«

Die Wohnung des *Kislar Agha*, des Schwarzen Obereunuchen, war geschmackvoll eingerichtet. Sie saßen auf niedrigen, gepolsterten Bänken und tranken Kaffee. Die Simse über ihren Köpfen standen voller Goldfischgläser. Eine blaugraue Katze kam durch die Tür und setzte sich Emerald auf den Schoß.

»Azrael, benannt nach seinem Großvater, dem Engel des Todes.«

Emerald brachte seine Wasserpfeife in Gang und nahm immer wieder mal einen Zug, während er seinen Kaffee trank und Konversation machte. Aber nach einiger Zeit legte er das Mundstück der Huka beiseite und sah Orkhan nachdenklich an.

»Ich bin nicht als Eunuch geboren worden«, sagte er.

Das habe er sich schon gedacht, sagte Orkhan.

»Ich bin als Prinz im Herzen von Afrika aufgewachsen. Ich konnte jede Frau in unserem Stamm haben. Nur meinem Bruder, dem König des Stammes, mußte ich den Vortritt lassen. Es ging vor allem um eine Frau, die schöne Rasya. Ich erinnere mich, daß ihre Schenkel so köstlich waren wie die unserer fettesten Kühe. Ich weiß noch, daß ich nachts wach lag und ihn um seine Nächte mit Rasya beneidete. Aber eines Tages erschienen die Stammesältesten vor meinem Bruder und beschuldigten ihn, er sei so besessen von dieser Frau, daß er die Staatsgeschäfte vernachlässige. Ein geringerer Mann wäre vielleicht wütend darüber geworden, daß ihn seine

Berater auf diese Weise ermahnten, aber mein Bruder war ein großer König. Er befahl seinen Sklaven, Rasya zu rufen.

Sie eilte sogleich herbei, herrlich anzusehen in ihren wehenden Kleidern. Sie stand vor meinem Bruder und sah ihn an mit Augen voll Liebe. Er forderte die Ältesten auf, sie zu bewundern, und einer nach dem anderen gab zu, daß auch er die Staatsgeschäfte gern vernachlässigen würde, wenn er gesegnet wäre mit so einem Bettschatz. Daraufhin nickte mein Bruder, der König, und bat Rasya, näherzutreten. Rasya gehorchte, und er schnitt ihr mit dem Dolch die Kehle durch, wobei er sich mit ihrem Blut besudelte. ›Ich bin Herr meiner selbst, so wie ich Herr des Stammes bin‹, sagte er und schickte die Ältesten weg.

Natürlich hat diese Szene großen Eindruck auf mich gemacht. Aber bald gab es an Rasyas Stelle eine andere schöne Frau. Ich glaube, sie hieß Makala, aber sie blieb nur wenige Monate. Diesmal brauchten sich die Ältesten gar nicht erst zu beschweren. Aus Sorge, er könnte von ihr abhängig werden, brachte mein Bruder sie freiwillig um. Und dann kam wieder eine Frau ... und noch eine. Ich ging weg und dachte nach. Ich war meinem Bruder sehr ähnlich, und deshalb mußte ich fürchten, daß auch ich verrückt nach einer Frau werden könnte – oder mehreren Frauen. Und das Problem bestand nicht nur für meinen Bruder und mich. Alle Männer unseres Stammes waren verrückt nach Sex. Und, was noch schlimmer war, es gab nicht genügend begehrenswerte Frauen für alle.

Bald war es so weit gekommen, daß die Männer unseres Stammes zum Fluß gingen, in der Hoffnung auf Sex mit den Krokodilen. (Heute klingt das idiotisch, aber damals waren wir alle noch jung.) Ihr wißt ja, daß sich die Krokodilsweibchen, wenn sie sich paaren wollen, auf den Rücken legen, damit die Männchen sie besteigen können. Jedesmal, wenn unsere Männer das sahen, rannten sie ans Ufer hinunter und schlugen die Krokodilmännchen tot oder verjagten sie wenigstens. Die Krokodilweibchen haben große Probleme, wenn sie sich wieder umdrehen wollen, und das nutzten wir aus. Während sie hilflos herumzappelten, bestiegen wir sie alle nacheinander. Ich hatte zweimal Sex mit Krokodilen. Ich weiß noch, wie blöde sie schauten, als ich ihre weißen Kehlen streichelte. Es hieß, daß es Glück bringt, wenn man einem Krokodilweibchen das Kinn streichelt. Es sollte beruflichen Erfolg bringen, und das hat sich in meinem Falle bestätigt, bin ich doch heute der Obereunuch des Osmanischen Harems.«

Emerald holte tief Luft und blickte stolz in die Runde, ehe er fortfuhr.

»Aber ich schweife ab. Ich wollte eigentlich erzählen, wie ich Eunuch geworden bin. Also: Mir war klargeworden, daß ich eine radikale Veränderung brauchte, wenn ich emotional nicht jeder dahergelaufenen Frau zum Opfer fallen wollte – oder irgendwelchen Krokodilen. Ich wollte nicht gedankenlos durchs Leben gehen. Ich wollte meine Zukunft vielmehr gestalten nach den Prinzipien der reinen Vernunft. Der Kopf zwischen meinen Schultern sollte mein Schicksal bestimmen. Ich wollte keinen zweiten Kopf, der zwischen meinen Beinen saß, der mich verrückte Dinge tun ließ und alles konterkarierte, was der erste mir sagte. Ich mußte dem Gefängnis entkommen, das mein Geschlecht für mich darstellte. Ich mußte mich vom Auf und Ab meines Schwanzes befreien.

Also ließ ich mich gegen Bezahlung kastrieren. Es war nicht billig und außerordentlich schmerzhaft. Ich ließ eine Totaloperation durchführen. Sowohl die Hoden als auch der Penis wurden entfernt. Ich bin also ein *Sandali*, ein völlig glattrasierter Eunuch. Drei Tage lang wurde ich bis zum Hals in Sand begraben, um die Wunde zu sterilisieren, und die ganze Zeit über hatte ich nichts zu trinken. Aber das war es mir wert. Ich hatte nichts gegen Frauen, versteht ihr? Ich mochte sie durchaus. Ich mag sie noch heute. Es war nur der Sex, wogegen ich etwas hatte – dieses ganze lächerliche Rauf und Runter und die verschiedenen klebrigen Säfte. Trotzdem hat nicht alles so funktioniert, wie ich dachte ...«

»Emerald!« sagte Anadil warnend.

»Nein, nein, ich dachte an die Sache mit den Feen.

Das war noch vor deiner Zeit, Anadil. Das war in den Tagen, als noch Bayezit herrschte, und unsere gegenwärtige Walide noch nicht einmal Durrah geworden war. Damals kam ich in den Harem; denn nachdem ich mich hatte kastrieren lassen, wollte ich auch die Vorteile meines neuen Zustands genießen. Ich wollte Karriere machen, und deshalb beschloß ich, einer der kaiserlichen Sklaven zu werden. Es klappte auch alles so, wie ich dachte, und es dauerte nicht lange, bis ich von einem Beauftragten des Sultans in Kairo gekauft, nach Istanbul gebracht und zum Dienst in Bayezits Harem bestimmt wurde. Ich war noch jung, aber als glattrasierter *Sandali* hatte ich einen gewissen Status und genoß beträchtliches Ansehen. Vor allem natürlich bei den Eunuchen, denen lediglich die Hoden fehlten. Sofort nach meinem Eintreffen wurde ich zum Chef des Sicherheitsdienstes ernannt. Ich mußte verhindern, daß sich irgendwelche Männer Zutritt zu den Haremsdamen verschafften – außer dem Sultan natürlich. Ich merkte allerdings rasch, daß dieser Posten eine reine Formsache war, denn jeder, der dumm genug war, in den Harem gelangen zu wollen, wurde längst abgefangen, ehe ich ihn überhaupt zu Gesicht kriegte. Die Janitscharen im Äußeren Hof schützten die Tugend der Haremsdamen durch ständige aufmerksame und höchst effiziente Patrouillen.

Während der Regierungszeit von Bayezits Vater waren zwar tatsächlich mehrfach ein paar junge Männer in den Harem eingedrungen – als Schneiderinnen verkleidet. Aber ihre Verkleidung war doch bald entdeckt und die ganze Angelegenheit stillschweigend und gründlich beigelegt worden.

Wie das im einzelnen geschehen war, kam erst fünf oder sechs Monate später ans Licht, als einer der Männer, die im Bosporus nach gesunkenen Schiffen zum Ausplündern suchen, vor der Serailspitze tauchte. Das Meer ist an dieser Stelle recht trübe; deshalb sieht man nicht viel. Aber die Taucher haben dafür einen Trick. Wenn sie sich ins Wasser herablassen, nehmen sie einen Mund voll Olivenöl mit hinunter. Wenn sie dann unten sind und mit den Füßen fest auf dem Grund stehen, lassen sie das Öl heraus und sehen hindurch. Das Öl ist wie eine Lampe im dunklen Wasser. Der Taucher ließ sich also vor der Serailspitze ins Meer sinken, und als er ein Stück weit unter der Oberfläche war, machte er den Mund auf und ließ einen schönen goldenen Ölklumpen raus. Das Öl bewegte sich in der Strömung, und als er hindurchsah, entdeckte er große, verschnürte, mit Steinen beschwerte Säcke, die auf dem Sandboden standen und sich sachte in der Strömung wiegten. Der Mann zweifelte keinen Augenblick, daß sich darin Menschen – oder zumindest deren Überreste – befanden. Er kehrte eilig an die Oberfläche zurück und riet seinen Kameraden, an dieser Stelle lieber nicht weiterzutauchen.

Das waren stolze und heroische Tage. Aber die waren

zu meiner Zeit längst vorbei. Zu meiner Zeit kam niemand mehr an den Janitscharen vorbei – jedenfalls keine Menschen. So wurde ich bald selbstgefällig und vielleicht sogar etwas nachlässig in meiner Eigenschaft als Tugendwächter des Harems. Ich war jung, und die Mädchen waren auch jung und sehr angenehm. Nach ein paar Monaten allerdings fielen mir weiße Flecken auf den Bettlaken in einigen Schlafsälen auf. Ich verhörte die Konkubinen, deren Laken so verdächtig befleckt waren. Sie antworteten ausweichend und kicherten hektisch. Ach, das seien bloß Eiweißflecken, beteuerten sie! Es sei ihre neueste Leidenschaft, nachts im Bett rohe Eier zu essen.

Nun, ich war zwar ein junger und unerfahrener Eunuch, aber ich hatte doch meine Zweifel. Warum, zum Beispiel, hinterließ das Eigelb nie Flecken? Ungefähr zur selben Zeit fiel mir immer häufiger ein ständiges, kaum hörbares, klingelndes Geräusch unmittelbar an der Grenze der Wahrnehmung auf, bei dem ich ein Kribbeln auf der Haut spürte. Es war nicht dauernd zu hören, aber dafür immer öfter.

Ich setzte meine Kontrollgänge fort und drang auch häufig unangekündigt bei Nacht in die Schlafräume ein. Niemals fand ich eine der Konkubinen in den Armen eines jungen Mannes – aber beim Eieressen fand ich sie auch nicht. Ich hätte die Sache vielleicht auf sich beruhen lassen, wenn mir nicht aufgefallen wäre, daß einige der jungen Mädchen so blaß und übermüdet aussahen. Wenn ich überraschend in ihren Gemächern auftauchte, fand ich sie einzeln oder in Gruppen auf dem Fußboden oder auf ihren Betten. Sie wanden sich und stöhnten, ohne daß es dafür konkrete Gründe zu geben schien. Wie ihr sicher wißt, bevorzugte Bayezit kräftige, vitale Mädchen, und wir gaben uns die größte Mühe, nur die gesündesten auf den Sklavenmärkten zu kaufen. Aber jetzt erschien der Harem plötzlich aller Fröhlichkeit beraubt. Selbst für den guten alten Teppich des Übermuts interessierten die Mädchen sich nicht mehr, und die wenigen, die mich bei meinen Patrouillen begrüßten, waren verschwitzt und rollten fiebrig die Augen. Auch der Sultan selbst war in schlechter Verfassung. Er hatte feuchte Hände, und seine Finger zitterten wie Pappelblätter im Wind.

Dann kamen eines Tages einige der jüngsten Konkubinen zu mir und beklagten sich über Sehstörungen. Sie befürchteten, sie könnten womöglich blind werden. Da wurde mir blitzartig klar, wie töricht ich gewesen war, daß ich die Ursache des Ärgers nicht gleich erkannt hatte. Kein Wunder, daß die Konkubinen Sehstörungen hatten!«

Emerald machte eine Kunstpause, um die dramatische Wirkung zu steigern.

»Der ganze Harem war von Peris befallen!«

Anadil grunzte verächtlich, aber Emerald ließ sich davon nicht beirren.

»Ich glaube, ich bin der einzige hier im Raum, der je eine Peri gesehen hat. Sie sind ja wirklich nicht leicht zu entdecken. Sie sind so ähnlich wie Dschinns, aber viel kleiner. Ein Dschinn ist ja oft viel größer als ein Mensch, und wenn er sich in einen Menschen hineinzwängen muß, findet er das manchmal recht eng. Aber bei Peris ist das ganz anders. Selbst die allergrößten sind ja nicht größer als die Spitze meines kleinen Zehs. Sie erscheinen ähnlich wie Träume, aber ihre Erscheinung ist viel verrückter, als es Träume je sein können. Und sie sind schnell! Sie rennen wie Quecksilber über die Oberfläche der Dinge und finden nie Ruhe. Sie verstecken sich in Krügen, sind aber gleich wieder draußen. Sie suchen Unterschlupf in Augenbrauen, erforschen die Wäschekommoden und tanzen auf Kopfkissen, sie schaukeln sich in Spinnennetzen, sie machen die Milch sauer, plündern Ameisennester und tanzen von einem Versteck zum nächsten, bis einem alles vor Augen schwimmt, wenn man sie beobachten will. Es könnte eine ganze Truppe von Peris hier auf meinem Handrücken tanzen, und ich würde es gar nicht merken, wenn ich nicht daran denke. Das Trommeln ihrer Füße wäre kaum mehr als ein Hautjucken.«

»Ich weiß. In meiner Familie hat es mal Peris gegeben«, sagte Perizade. »In meinen Adern rollt das Feenblut, deshalb kann ich auch die Zukunft vorhersagen.«

Anadil lächelte, aber Emerald machte ein strenges Gesicht: »Feenblut ist nichts, womit man sich brüstet!«

Dann erzählte er weiter: »Es war nicht weiter erstaunlich, daß einige der Konkubinen blind zu werden begannen. Die Peris waren ja so winzig und flink wie Gedanken, so daß man ständig blinzeln mußte. Ich habe mit eigenen Augen gesehen, wie sie sich zum Beispiel auf ein parfümiertes Schweißtröpfchen setzten und zum Spaß am Fleisch einer Konkubine herabrutschten. Ein hübscher Anblick – und kaum zu erhaschen. Man könnte so schnell wie ein fischender Kormoran sein und würde doch immer nur leere Luft fangen.«

»Bei dir«, sagte Emerald und zeigte auf Orkhan, »weiß ich, daß du ein großer Mann bist, fast genauso hoch wie die Tür, durch die du eingetreten bist. Aber dein Bild ist eine andere Sache. Damit es auf meine Netzhaut gelangen kann, muß es schrumpfen – dann kann ich dich sehen, nicht wahr? Ich sehe dich also als kleines Männchen, nur auf diese Weise paßt du in meinen Augapfel. Andererseits bin ich ja nicht verrückt und weiß genau, daß du in Wirklichkeit ein sehr großer Mann bist. Aber bei den Peris … ist es ganz anders. Ihr Bild schrumpft nicht und wächst nicht. Es ist immer genauso groß wie die Peri selbst. Ihr Körper ist kleiner als das menschliche Auge, deshalb sind sie ja so schwer zu sehen. Trotzdem merkte ich ganz genau, wenn eine Konkubine eine Peri beobachtete, denn dann begannen sich ihre Pupillen zu weiten, damit das Bild der Peri hineinkonnte.«

Als Emerald sich unterbrach, um einen langen Zug aus der Wasserpfeife zu nehmen, fiel Orkhan auf, daß die Pupillen des Eunuchen nicht gerade klein, sondern unnatürlich groß waren. Er fragte sich, ob die Wasserpfeife wohl ausschließlich Tabak enthielt. Emerald blies ein paar Rauchringe, ehe er fortfuhr: »Die Peris waren wie schimmernde Staubteilchen, die im Sonnenlicht tanzen, aber ich war ehrlich verzweifelt, denn obwohl sie so hübsch waren, richteten die Peris mit ihren Streichen bösen Schaden bei uns im Palast an. Sie rieben sich so heftig an den Lippen der Konkubinen, daß den Damen ihre Münder brannten. Sie hängten sich klingelnd an die Busen der Damen und molken sie, als wären sie Kühe. Auf den Samt- und Brokatkleidern der Haremsgarderobe hinterließen sie glänzende Spuren wie kleine Schnecken. Das Traurigste für mich aber war, daß all die hübschen Mädchen, die sonst immer zu mir kamen, wenn sie neue Ideen für ihre Spiele oder einen Schiedsrichter für ihre kleinen Streitfälle brauchten, jetzt plötzlich vor mir davonliefen, wenn sie mich sahen. Wenn es mir gelang, eine von ihnen in eine Ecke zu treiben, dann sahen mich die Konkubinen mit ihren unnatürlich geweiteten Augen so unschuldig an, als könnte ich niemals erraten, was sie mit ihren kleinen Freunden immer so trieben. Keine verriet irgendwas. Sie steckten bloß ständig die Köpfe zusammen und kicherten hektisch. Manche schmierten sich Marmelade auf die Brüste und amüsierten sich damit, Peris in dieser klebrigen Falle zu fangen. Ständig baten sie die Haushälterin um noch mehr Marmelade. Ich erinnere mich auch, daß sich plötzlich eine eigenartige Leidenschaft für alle Arten von Gurken ausbreitete. Heute weiß ich natürlich, daß die Haremsdamen von den Peris dazu angestachelt wurden, aber damals war ich doch sehr verblüfft. Ihr würdet nie darauf kommen, wieso.«

An dieser Stelle hob Emerald den Blick und musterte seine Zuhörer, um zu sehen, ob sie schon eine Vorstellung hatten, warum die Konkubinen plötzlich so heftig nach Gurken verlangten, aber niemand sagte etwas dazu. Perizade hatte sich alles, was Emerald sagte, mit großen Augen angehört, aber Anadil war weniger aufmerksam gewesen und hatte Orkhan süffisant zugelächelt, so als wollte sie zeigen, daß sie kein Wort von dem glaubte, was sie da hörten.

»Nun, ich werde später noch einmal darauf zurückkommen«, fuhr Emerald fort. »Die kleinen Peris waren sehr geübt im Bogenschießen. Sie trugen kleine Bogen, die mit Spinnwebfäden bespannt waren, und trainierten fleißig auf den Bäuchen der Konkubinen. Und wenn sie dessen müde waren, feierten sie Orgien, ebenfalls auf den Konkubinen. Die Peris führten den jungen Frauen akrobatische sexuelle Übungen vor und wiederholten diese

Obszönitäten so lange, bis alle die Übungen auswendig konnten. Die Mädchen, auf deren Bäuchen die Peris gerade ihre Vorführungen machten, erröteten schrecklich und begannen zu keuchen vor lauter Vergnügen.

Auch der Sultan selbst war befallen, wenn auch auf andere Weise. Ich hatte es von Zeit zu Zeit übernommen, seinen Schlaf zu bewachen. Und in den grauen Stunden des Morgens wurde meine Aufmerksamkeit auch häufig belohnt. Im Halbschlaf hörte ich plötzlich das verräterische dünne Klingeln, wurde ruckartig wach, und wenn ich mich dem Bett näherte und ganz genau hinsah, konnte ich die Peris auf dem allerhöchsten Zeugungsorgan sitzen sehen. Manche hielten es mit ihren Ärmchen umklammert, andere trommelten mit ihren Fäusten darauf herum und baten es, sich zu erheben. Aber wenn es sich dann dehnte und streckte, konnten die Peris sich kaum daran festhalten und hatten mächtig zu kämpfen. In der Regel wurden alle abgeworfen, aber gelegentlich gab es doch eine, die stark und entschlossen genug war, sich so lange anzuklammern, bis sie im Triumph mit der Spitze des wildgewordenen Genitals in die Luft schnellte. Dann versammelten sich alle anderen, die abgeworfen worden waren, zum Ringelreihen an der Wurzel des Schwanzes und kitzelten die Hoden des Sultans, bis das schäumende weiße Sperma sie abduschte, und ihr klingelnder Jubel war lauter denn je.

Auch bei Tage wurde mein Sultan von dem kleinen Völkchen geplagt. Oft genug sah ich die Königin der Peris in einem grünen Minirock auf der Nase meines Gebieters herumtanzen. Ach, wie sie die Beine warf! Und er schielte auf dieses lüsterne Spektakel herunter, und der Speichel tropfte ihm vor Gier aus dem Maul. Sein Pöppel entfaltete sich wie ein gewaltiger Schirmpilz, und er raste vor Begierde, ihn in der Peri-Königin zu versenken. Aber das war natürlich unmöglich. Auch die Königin war darüber sehr traurig. Alle waren sie traurig. Denn die Peris wollten ja nur zu gern Geschlechtsverkehr mit den Sterblichen haben. Am Ende kam ihm das Herz in der Hand, und damit mußten sie zufrieden sein. Aber als ich den Sultan so daliegen sah, ganz blaß und erschöpft, und das Kichern und Klingeln der Peris dazu hörte, da dachte ich mir…«

Emerald nahm erneut einen Zug aus der Huka. Seine Hände spielten auf dem Mundstück, als wäre es eine Flöte.

Jetzt hob Anadil zaghaft die Hand: »Emerald, liebster Emerald, wir müssen jetzt wirklich zum Hammam; denn Orkhan muß dringend gewaschen und massiert werden, ehe er zur Walide gebracht und mit dem Saal der Verzückung vertraut gemacht wird.«

»Aber erst will ich wissen, was aus den Peris wurde!« jammerte Perizade. »Wo sind sie jetzt?«

»Euer Wunsch ist mir Befehl«, sagte Emerald. »Ich

werde euch zum Hammam bringen und unterwegs erzählen, wie alles ausging. Aber vielleicht möchte mir der Sultan zuvor noch beim Wasserlassen zusehen?« Er brüllte vor Lachen.

Orkhan ließ sich eine Weile nötigen, ehe er sich bereit fand, dem Eunuchen in ein kleines Kabinett zu folgen, das neben dem Empfangszimmer lag. Emerald stellte sich über das Loch im Fußboden und zog ein silbernes Röhrchen aus seinem Turban. Dann zog er sein Gewand auseinander und schob das Röhrchen in eine eigenartig geformte Fassung aus Elfenbein, die in sein Becken eingelassen war und in eine Art Wasserhahn mündete. Er legte ein kleines Hebelchen um, und die goldgelbe Flüssigkeit spritzte aus dem silbernen Röhrchen. Über Orkhans Verblüffung mußte der Eunuch herzlich lachen.

Ein paar Minuten später waren sie schon auf dem Weg zum Bad. Sie schlenderten eine lange Arkade mit lotusgeschmückten Säulen hinunter. Sie wurden nicht nur von Emerald, sondern auch von zwei taubstummen Wächtern begleitet. Von Zeit zu Zeit ließ sich Orkhan ein bißchen zurückfallen, um Perizade von hinten betrachten und das Auf und Ab ihrer ausladenden Hinterbacken bewundern zu können. Er glaubte, das Zischen ihres glänzenden, dünnen Kleides zu hören, das sich an ihre Beine schmiegte, und dachte daran, wie sie sich im Pavillon zunächst gegen seine Umarmung gesträubt und ihn am Ende doch innig umarmt hatte. Aber jetzt schien sie ihn nicht zu beachten.

Als sie eine Weile gegangen waren, nahm Emerald seine Erzählung von den großen Peri-Tagen wieder auf.

»Das Badehaus mit seiner Wärme mochten die Peris besonders. Ja, schlimmer noch, sie versteckten sich auch in den Toiletten. In dieser Hinsicht waren sie wie Kakerlaken, und ich habe sie oft dabei beobachtet, wie sie ihre Konkurrenten aus dem Insektenreich mit Pfeil und Bogen vertrieben, um selbst die gemütlichsten Plätze besetzen zu können. Die Peris schlichen sich an die Damen heran, wenn die sich gerade hingehockt hatten, um Wasser zu lassen, und ließen sich von dem silbernen Regen durchnässen. Das habe ich selbst oft gesehen. Die Peris waren fasziniert von den privatesten Funktionen des weiblichen Körpers, sie liebten intime Gerüche und brachten Stunden in der Taverne der Parfümeurs zu, wo sie sich grenzenlos amüsierten.

Damals in jenen Tagen, als Nargis Lieblingskonkubine war (ehe Eure Mutter, die verehrte Walide, ihr das Gifthütchen schickte), hatte die Konkubinen eine Leidenschaft für seidene Schlüpfer mit Spitzen erfaßt, dazu trugen sie seidene Unterröcke und seidene Strümpfe mit Strumpfhaltern. Diese Mode war so ausgeartet, daß die Konkubinen auf großen, schaumigen Wolken von rosa oder manchmal auch gelbem Seidenstoff schwebten. Ich glaube, hinter dieser Mode steckten auch schon die Peris, denn sie mochten solche komplizierten, delikaten Kleidungsstücke aus Spitze. Sie kletterten den Konkubinen in die Strümpfe, hielten sich an den Strumpfhaltern fest und ließen sich den ganzen Tag im Harem heruntragen. Sie schlüpften aber auch heimlich in die Unterhöschen der Mädchen und machten es sich dort bequem ... Den Mädchen gefiel das natürlich, denn es kitzelte so angenehm, wenn die Peris in diesen Bereichen auf Zehenspitzen herumschlichen. Groß in Mode war damals auch eine kuriose Erfindung der Ungläubigen, die den Busen hochhalten und hart machen sollte und die sich Korsett nannte. Die Konkubinen waren verrückt danach, ihre Brüste in diese Dinger zu quetschen, und auf diese Weise gerieten auch die Peris hinein. Wenn sie so im Geschirr steckten, machten es sich die Peris natürlich an der weichsten Stelle bequem, und das waren nun einmal die Brustwarzen. Auch das wußten die Konkubinen ganz offensichtlich zu schätzen.

Irgendwann wurde ich schließlich so neugierig, was die Mädchen eigentlich für ein Vergnügen bei alledem hatten, daß ich mir ein Paar von Nargis' Schlüpfern schnappte. Sie waren aus rosa Seide, und im Inneren wimmelte es nur so von übermütigen Peris. Als ich sie Nargis weggenommen hatte, zwängte ich mich selbst hinein, was ziemlich mühselig war. Dann betrachtete ich mich im Spiegel. Ich konnte die Peris ganz deutlich unter der Seide erkennen, und als ich Nargis' Gesicht sah, wußte ich, daß sie die Peris ebenfalls sah. Aber da ich ein glattgeschnittener Eunuch bin, hatten die Peris nichts, woran sie sich hätten festhalten können, und ich kam nicht dahinter, was den subtilen Verkehr zwischen den Konkubinen und den Feen so amüsant machte. Ach, es machte mich rasend, wenn ich das leise Knistern der Peris in den Seidenhöschen meiner Haremsdamen hörte! Fortan hielt ich also mit der Beschließerin der Haremsunterwäsche regelmäßige Untersuchungen ab, und alle Dessous, die mir verdächtig vorkamen, wurden sofort in die Wäscherei gebracht; denn Seife können die Peris nicht ausstehen. Die Konkubinen haßten mich deswegen. Leider nutzte aber auch diese Maßnahme wenig; denn die Peris verstanden es, sich sehr geschickt in den Zwickeln und dem Spitzenbesatz der Dessous zu verstecken. Am Ende mußte ich sämtliche Höschen im Harem verbieten. Eigentlich braucht sie ja auch niemand. Sie verzögern ja letztlich bloß alles. Seither wird im kaiserlichen Harem keine Unterwäsche mehr getragen, und wir fühlen uns alle viel wohler!«

»Und leider ist das Amt einer Beschließerin der Haremsunterwäsche gleich mit abgeschafft worden!« rief Perizade. »Dabei hätte ich diese Position gern gehabt.«

»Warum erzählst du uns eigentlich diese Geschichte?« fragte Orkhan.

»Warum ich das erzähle? Aus überhaupt keinem Grund, wenn man mal davon absieht, daß es mir Vergnügen macht, die Worte aneinanderzureihen und sie zu erzählen. Muß denn alles einen Zweck haben?«

Damit warf er dem Prinzen einen Blick zu, der äußerst bedeutsam erschien, wenn es auch gänzlich unmöglich war, zu erraten, worin die Bedeutung bestand. Dann setzte er seine Ausführungen fort.

»Ich war freilich immer noch ein höchst geplagter Mann«, sagte er. »Denn das Ende der Unterwäsche im Harem war noch nicht das Ende der Peris. Ich mußte feststellen, daß ich sie nach wie vor unter den Röcken der Konkubinen klingeln hörte. Ach, was das für ein Gefühl ist, wenn man das Klingeln der Feenglöckchen unter dem Rock einer Frau hört! So bedrohlich verlockend! Bei meinen weiteren Untersuchungen kam ich dahinter, daß die Peris immer noch unter den Röcken hinaufkletterten und sich in der dort gebotenen Wärme und Intimität einrichteten. Die verrückten Dinger hängten sich ins Schamhaar der Damen und ärgerten mich von dort aus mit ihrem Geklingel und ihren akrobatischen Kunststückchen. Diese verfluchten Glöckchen! Sie machten mich wahnsinnig! Ich ließ die Mädchen die Röcke hochheben, damit ich ihnen die Peris mit den Händen von der Innenseite der Beine abstreifen konnte, aber dagegen verwahrten die Damen sich heftig, und es war ohnehin zuviel Arbeit für mich allein. Daraufhin erteilte ich den Befehl, die Konkubinen sollten sich die Scham rasieren, und auch das ist heute noch gängige Praxis. Ich allerdings fiel damit endgültig in Ungnade bei den Bewohnerinnen des Harems. Ich war darüber sehr traurig, aber ich tat es ja alles aus Liebe zu ihnen und ihrer Unschuld. Und ihr müßt immerhin bedenken, daß schon eine Konkubine blind geworden war, weil sie zuviel mit den Peris gespielt hatte!

Aber trotz allem, obwohl wir Unterwäsche und Schamhaar jetzt los waren, nahmen meine Sorgen kein Ende, denn die Zahl der Peris verringerte sich keineswegs. Ganz im Gegenteil: Ich hatte das Gefühl, immer neue Gesichter in ihrem wilden Ringelreihen zu entdecken. Ich fragte mich verzweifelt, wie sie wohl in den Harem gelangten. Dann fielen mir die Gurken ein! Hing die Peri-Invasion vielleicht mit den Gurken zusammen, für die meine Konkubinen plötzlich so schwärmten? Nun habe ich die Gurke stets für ein ziemlich fades Gemüse gehalten. Die Dinger haben ja praktisch keinen Geschmack. Ist doch so, oder? Die Gurke ist blaß und wässerig und ein klein bißchen bitter. Die Leidenschaft der jungen Damen für dieses fade Gemüse erschien mir einigermaßen verdächtig, und wieder einmal hatte ich recht.«

Emerald machte erneut eine Pause, um sicherzustellen, daß er die volle Aufmerksamkeit seiner Zuhörer hatte.

»Als das nächste Mal eine Lieferung Gurken im Harem eintraf, beschlagnahmte ich sie auf der Stelle und brachte sie in meine Gemächer, die ihr ja gesehen habt. Gleich als ich die erste Gurke mit meinem Krummsäbel aufschnitt, mußte ich feststellen, daß ihr Inneres sorgfältig ausgehöhlt war. In der so entstandenen Öffnung lag eine schlafende Peri. Ich schlug erneut mit dem Krummsäbel zu und hackte das Gemüsebett mitsamt der Peri in kleine Stücke. Bei der nächsten Gurke dasselbe. Jede einzelne war listig ausgehöhlt und konnte als behagliche Schlafkammer dienen, bis die darin liegende Peri in den Harem gelangt war. Ich machte mich also daran, auch die restlichen Gurken mit meinem Schwert zu bearbeiten, bis der Boden meines bescheidenen Zimmers mit zerhackten Gurken und abgeschnittenen Armen und Beinen von Peris bedeckt war. Dann erteilte ich Befehl, daß Gurken ab sofort nur noch dann in den Harem gebracht werden durften, wenn sie zuvor von meinen Eunuchen in Scheiben gehackt worden waren. Dann gab es natürlich noch das Problem mit – «

An dieser Stelle brach Emerald abrupt ab. Seine Augen weiteten sich, sein Arm fuhr hoch, und er zeigte mit zitternden Fingern auf die andere Seite der Gasse. »Eine Peri! Ich seh' eine Peri! In dem Gully da, der mit Blättern verstopft ist. Wenn ihr euch beeilt, könnt ihr sie fangen. Ich glaube, das kleine Ding steckt mit dem Fuß fest.«

Anadil und Perizade rannten eilig zu der bezeichneten Stelle. Prinz Orkhan wäre ihnen gefolgt, aber Emerald hielt ihn am Arm fest. »Du fragst, warum ich euch die Geschichte meines langen Kampfes gegen die Peris erzählt habe? Nur weil es mir Spaß macht? Keineswegs, mein Gebieter. Jeder weiß doch, daß es nichts Wichtigeres für eine Geschichte gibt als die Moral, die man daraus zieht! Jede Geschichte enthält eine Lehre, und die Moral von meiner Geschichte war ausschließlich für deine Ohren bestimmt, mein Gebieter. Ich sehe dich so brav und folgsam hinter diesen beiden Frauen herlaufen, als hätte dich Anadil wie ein kleines Lamm an der Leine. Hüte dich vor dem Ort, wo Anadil dich hinführen will! Es muß ja nicht sein. Ich habe dir meine Geschichte erzählt, um dir zu zeigen, daß jeder sein Schicksal selbst in die Hand nehmen kann. Als ich noch jung war, habe ich auch darunter gelitten, daß ich ständig Lust auf Frauen hatte. Aber ich habe etwas dagegen getan! Ich habe mir den Schwanz und die Eier abschneiden lassen! Ich habe mein Problem gelöst. Und als ich entdeckte, daß der Harem von Peris wimmelte, hab ich mich da etwa hingelegt und die Peris auf mir herumkrabbeln lassen? Nein, das hab ich nicht getan! Und als ich merkte, daß die Unterwäsche ein Problem darstellte, hab ich die Konkubinen da etwa weiter ihr Wesen mit ihren Dessous treiben lassen? Nein, das hab ich nicht getan! Ich hab ihnen die Wäsche vom Körper gerissen und ein großes Feuer damit gemacht. Ich weiß noch genau, wie diese winzigen Seidenfetzen in Flammen aufgingen und schließlich als dünner schwarzer Regen wieder herabfielen ... Und als ich merkte, wie die Peris in den Harem geschmuggelt wurden, habe ich da die Augen geschlossen und das Gurkengemüse einfach so durchgewinkt? Von wegen! Mit meinem Säbel hab ich das Problem gelöst.« Emerald hob beschwörend den Finger. »Die Moral von alledem, was ich dir erzählt habe, ist absolut eindeutig. Ich sage dir: *Sei ein Mann!*«

»Ich weiß, wo ich hingehe«, sagte Orkhan.

»Das hoffe ich«, sagte Emerald.

In diesem Augenblick kamen die beiden Frauen zurück. Perizade sah enttäuscht aus, Anadil war regelrecht mißtrauisch.

»Habt ihr nichts gefunden?« fragte Emerald. »Dann müssen meine Augen mich wohl getäuscht haben. Vielleicht war es bloß ein Blatt. Eine Peri konnte es eigentlich gar nicht sein, denn es gibt hier ja gar keine Peris mehr. Und ich kann euch auch sagen, warum.«

Damit setzte er seine Geschichte fort.

»Obwohl ich jetzt keine neuen Peris mehr entdeckte, waren immer noch Hunderte von ihnen im Harem, die schon früher hineingelangt waren. Was sollte ich dagegen tun? Ich ging in die Bibliothek und konsultierte *Das parfümierte Schlachtfeld*, speziell das Kapitel über den ›Sexuellen Nutzen von Haustieren‹. Dann schickte ich den Agha der Janitscharen auf den Markt, wo er drei schöne Perserkatzen kaufte. Die benutzte ich zur Jagd auf die Peris. Ach, was für herrliche Jäger das waren! Wenn ich still in meinem Gemach saß, mit einer davon auf dem Schoß, und weit und breit waren keine Peris zu sehen und zu hören, dann spürte ich plötzlich, wie die Katze sich duckte. Die Schwanzspitze zuckte, die Ohren lagen flach am Schädel, und im nächsten Augenblick schoß meine treffliche Katze davon und verfolgte eine Peri, die ich gar nicht gesehen oder gehört hatte. Großartige Jäger! Und gegen die Kakerlaken waren sie auch gut. Die Ankunft der Katzen führte zu einem Blutbad *en miniature*. Es war ein köstlicher kleiner Krieg von den Schränken und Simsen bis in die Abflußrohre und Rinnsteine. Die Peris hatten keine Chance mehr. Am Anfang versuchten sie die Katzen noch zu bestechen, indem sie ihnen sexuelle Genüsse verschafften, was die Katzen auch zuließen. Aber anschließend gähnten sie lässig und verputzten die Peris. Sie wurden richtig fett vom Feenfleisch. Die Zahl der Peris nahm ab, und die Konkubinen nahmen wieder ordentlich zu. Sie schliefen nachts besser, und die rosige Farbe kehrte in ihre Wangen zurück.

Ich glaube, als die letzte Peri starb, war ich dabei. Die Königin der Peris war stärker und schlauer als die meisten ihrer Untertanen, und so war sie den mörderischen Katzen lange entgangen. Dann, eines Tages, überraschten Azrael und ich sie in einem der Rosenbeete neben dem Hammam. Dieser Azrael war ein blauer Perserkater, der Großvater des Katers, den ihr in meinem Zimmer gesehen habt, und der beste Jäger von allen – ein wahrer Engel des Todes. Die Peri-Königin hatte sich unter einem Rosenblütenblatt versteckt, und ehe ich sie selbst entdeckte, sah ich ihre Widerspiegelung in Azraels geweiteter Pupille. Sie flüchtete durch die Sträucher und versuchte dann am Badehaus hinaufzuklettern, an dessen rauhe Wand sie sich wie eine Eidechse anklammerte. Azrael war mit ausgestreckten Krallen auf sie herabgestoßen, als sie über das Beet rannte, und hatte sie zweimal verfehlt, denn sie war schneller als Quecksilber und schlug obendrein ständig Haken. Aber jetzt, wo sie klettern mußte, wurde sie langsamer, und das war ihr Verderben. Der Kater erwischte sie mit der Pfote, fing sie und spielte noch eine Zeitlang mit ihr, dann fraß er sie auf.

Als die Peris weg waren, erlangte ich meine Ruhe zurück. Die Konkubinen trauerten ihren kleinen Freunden noch ein Weilchen nach und haßten die Katzen zunächst, aber sie lernten sie bald außerordentlich lieben. Im Harem wurde alles wieder normal; es war, als wäre ein Fieber vorübergegangen. Aber wie sagt das Sprichwort? Drei Dinge sind unersättlich: die Wüste, das Grab und der Schoß einer Frau. Als nächstes kamen mir diese eigenartigen Gerüchte zu Ohren über Gebetskissen.«

Emerald blieb vor einer Tür stehen.

»Laßt uns hier hineingehen. Ich möchte euch etwas zeigen.«

»Emerald, wir müssen dringend zum Hammam.«

»Es dauert nicht lange«, sagte der Eunuch beruhigend. »Nur ein kurzer Blick.«

Sie folgten ihm in eine Rumpelkammer voller ausrangierter Spielzeuge und Lustgegenstände – ein paar Saiteninstrumente mit zerrissenen Saiten, ein paar Köcher mit ausgefransten Rändern, ein lederner Diwan, ein paar Schachteln mit weißen Kristallen, eine weibliche Puppe mit herausquellender Strohfüllung. Orkhan hatte sich kurz gefragt, ob ihnen der Eunuch wohl ein Gebetskissen vorführen wollte, aber nein. Emerald führte sie zu einem Tisch, auf dem ein Holzmodell stand. Es zeigte einen großen, ausgedehnten Gebäudekomplex.

»Das habe ich bei den Konkubinen beschlagnahmt«, sagte der Obereunuch.

Bei näherem Hinsehen entdeckte Orkhan, daß es sich um ein Modell des Harems handelte. Als erstes entdeckte er den Käfig und die Passage-wo-die-Dschinns-sich-beraten. Dann entdeckte er auch den Pavillon aus Porzellan, das Gemach mit der Eisgrube und schließlich den Zoo.

»Aus Tausenden von Zahnstochern haben sie das gebaut«, sagte Emerald, »um ihre Peris darin zu beherbergen.«

Anadils Gesicht zeigte deutliche Zweifel.

»Sie wollten ihre Lieblingsperis darin unterbringen und mit ihnen Harem spielen. Aber noch ehe sie damit fertig waren, hatte ich schon die Katzen geholt. Die Peris haben mir nachts, wenn ich schlief, in die Augen gepinkelt, so daß ich morgens kaum die Lider öffnen konnte. Ich haßte sie mindestens so, wie sie mich haßten. Trotzdem tut es mir leid, daß dieser schöne Holzpalast leer steht. Ich glaube, die Mädchen wollten ein paar von den Peris in den Zimmern einsperren und so dafür sorgen, daß sie die Außenwelt ganz vergaßen. Und ich nehme an, sie wollten sogar ein paar von ihnen mit spitzen Nadeln zu Eunuchen machen. Das hätte ich gern gesehen ...«

Als sie wieder draußen auf dem Korridor waren, hörte Orkhan, wie Anadil leise mit Perizade flüsterte. »Emeralds Geschichten sind lächerlich«, sagte sie. »Aber er ist wirklich ein sehr guter Liebhaber ... auch wenn die Sache mit der Schokolade immer eine ziemliche Schmiererei ist.«

Die bisherige Heiterkeit des Eunuchen war mittlerweile gänzlich verschwunden. Für den Rest ihres Weges zum Hammam war er ein düsterer und stummer Begleiter.

Wasserspiele

Ein paar weitere Schritte brachten sie zur Kaiserlichen Wäscherei, und Perizade ging hinein, um für Orkhan saubere Kleider zu holen. Der Prinz erhaschte einen kurzen Blick auf große, dampfende Bottiche, hölzerne Mangeln und kräftige Frauen, die mit langen hölzernen Paddeln in den Bottichen rührten. Ein schaler Geruch nach nasser Wäsche hing in der Luft. Als Perizade mit dem frischen Gewand aus der Tür trat, sagte Anadil: »Du mußt dich von Perizade verabschieden. Sie muß jetzt zurück an die Arbeit.«

Aber Orkhan nahm Perizade fest in die Arme.

»Verlaß mich nicht«, sagte er. »Ich brauche dich, Perizade.«

Sie errötete und flüsterte: »Ich weiß, ich bin die Königin deines Herzens, das steht in den Fältchen an meiner Möse geschrieben.«

Dann küßten sie sich.

Anadil war wütend. »Du mußt mit mir kommen, mein Sultan! Die Damen des Harems warten schon ungeduldig auf dich. Und du, Perizade, geh endlich an deine Arbeit!«

Zögernd ging Perizade durch die Tür und verschwand in der Wäscherei. Und Anadil sagte: »Perizade ist zu dumm, um unsere Geheimnisse zu verstehen. Deshalb ist sie auch keine Konkubine, sondern bloß eine Waschfrau. So, und jetzt ist es Zeit, dich zu säubern.«

Die Wäscherei und der Hammam lagen unmittelbar nebeneinander, denn sie bezogen ihr heißes Wasser beide aus demselben Röhrensystem. Der Zugang wurde von einer Eunuchenabteilung mit krummen Säbeln bewacht.

»Es ist höchste Zeit, daß du gewaschen und parfümiert wirst. Wir können nicht zulassen, daß deine Mutter dich so sieht.«

Emerald und die beiden stummen Sklaven reihten sich ins Spalier der anderen Wachen vor der Tür des Badehauses ein, als wäre es Orkhans Gefängnis. Anadil faßte ihn an der Hand, und sie gingen gemeinsam ins Umkleidezimmer hinunter. Anadil zog Orkhan zuerst aus. Es war ihm sehr unangenehm, als er spürte, wie sein Geschlecht sich unter der Berührung ihrer zarten Finger versteifte; denn inzwischen wußte er, daß er das Mädchen verabscheute. Und als sie ihm in die Augen schaute, wurde ihm klar, daß es Anadil auch wußte. Aber sie tat so, als ob sie es nicht merkte. Sie drehte sich um, preßte ihm das Gesäß in die Leisten und bat ihn, ihr Kleid aufzuhaken.

Eine kleine schwarze Sklavin trat ein und brachte

eine Karaffe mit Wein. Anadil zog Orkhan auf die Kissen und drängte ihm einen Becher nach dem anderen auf. Er werde, was ihm bevorstehe, leichter ertragen, wenn er etwas getrunken habe, sagte die Konkubine.

»Zuerst wirst du Gelegenheit erhalten, den Schmerzlichen Blick an gewöhnlichen Mädchen zu üben«, sagte sie. »Du darfst sie ansehen, aber nicht berühren, auf diese Weise wird dein Begehren gesteigert. Und dazu sind wir da. Wir müssen dein Begehren steigern. Trink noch etwas Wein und sieh mir zu.«

Wie eine züngelnde Schlange erhob sie sich von ihrem Kissen und begann zu tanzen. Orkhan hörte ihre nackten Füße auf die Fliesen klatschen und die Kettchen an ihren Fußknöcheln klingeln, aber die Musik, nach der sie sich bewegte, war für gewöhnliche Sterbliche offenbar nicht zu hören. Voller Bedauern dachte Orkhan an Perizade. Er wußte jetzt, daß er Anadil haßte, aber als er ihr beim Tanzen zusah, wurde ihm auch bewußt, daß sie ihn schon wieder in ihren Bann zog. Mit schwingenden Hüften trat sie zu ihm heran und beugte sich über ihn. Sie stieß ihm den Bauch ins Gesicht und ließ alle Muskeln vibrieren, drehte sich um und schüttelte ihre Gesäßbacken, bis Orkhan ganz schwindlig wurde von ihrem schimmernden Fleisch. Dann wich sie zurück, ließ ihren Kopf nach hinten fallen, bog ihren Leib durch und stellte sich auf die Zehen, als würde sie im Stehen von einem Luftgeist begattet. Ihr Körper glühte und glänzte, sie schwitzte leicht, und ihr Gesicht war träumerisch weich und gelöst. Endlich schien sie sich an Orkhan zu erinnern, glitt schlangengleich auf ihn zu und zog ihre Hände über Schenkel und Hüften. Er hatte das Gefühl, in den Wolken ihres bitteren Parfüms zu ersticken.

»Jetzt möchte ich hören, daß du mich anbetest«, sagte sie. »Ich will hören, daß du alles tust, was ich von dir will.«

Orkhan zitterte. Er war zugleich von Sinnen und vollkommen klarsichtig und wußte, daß dieser Forderung Anadils nur etwas absolut Wahnsinniges folgen konnte. Gleichzeitig war ihm bewußt, daß seine Begierde so groß war, daß er ihr nichts verweigern konnte, was sie verlangte.

Er warf sich auf den Boden, um ihre Füße zu küssen, und hörte sich sagen: »Ich bete dich an, Anadil. Ich bin dein völliger Sklave und werde alles tun, was du verlangst.«

Anadil hatte ihre Hände in die Hüften gestemmt. Sie hatte getanzt, als ginge es um ihr Leben, aber jetzt sah sie kühl auf den Prinzen hinunter und sagte: »Ich erinnere mich aber, daß du mich gestern noch hinrichten lassen wolltest. Inzwischen hast du wohl dazugelernt, oder? Du willst mich so dringend ... So, wie ich da stehe, könnte ich auf dich pissen, und du würdest nicht wagen, mich daran zu hindern, nicht wahr?«

»Wenn es meiner Herrin gefällt ...«

»Nun, zufällig verrichte ich meine Bedürfnisse lieber im Stillen und pinkle nicht gerne auf Männer. Orkhan, ich bin jetzt fast fertig mit dir. Ich werde dich noch einmal küssen, aber da wirst du tot sein. Jetzt sammle meine Kleider auf und bring sie den Sklavinnen draußen, damit sie in die Wäscherei kommen. Dann ist es Zeit, daß du gewaschen, parfümiert und massiert wirst.«

Orkhan gehorchte. Als er zurück war, führte ihn Anadil an der Hand durch eine Reihe von kleinen Räumen mit Marmorbänken und Fliesen. Der nasse Boden war glitschig. Dann kamen sie ins Tepidarium, einen etwas größeren Saal, wo ein paar Frauen auf Steinplatten lagen und kräftig in ihre Handtücher schwitzten. Der nächste Saal war das Calidarium, und hier war es richtig heiß.

Inzwischen war Orkhan durch nichts mehr zu überraschen. Das Calidarium war riesig und voller Schwefeldämpfe. Helle Sonnenstrahlen fielen aus den bleigefaßten Fenstern und durchbohrten die heißen, weihrauchgeschwängerten Dampfwolken, die aus dem Wasser aufstiegen. Orkhan hatte noch nie so viel Wasser gesehen. Der Saal war voller nackter Frauen, die aus den Dampfschwaden auftauchten und wieder darin verschwanden, andere plantschten im Wasser herum oder tummelten sich um den Springbrunnen in der Mitte des Beckens, der aus Röhren in der Form dreier ineinander verschlungener Schlangen herabfiel. Am Beckenrand veranstaltete eine Gruppe von jungen Frauen ein Wettrennen, bei dem ihre Brüste heftig wippten und klatschten. Einige tanzten und sangen am anderen Ende des Calidariums, ohne Orkhan und Anadil zu beachten, doch die meisten, die sich am Rand des Beckens räkelten, drehten sich um, als sie eintraten. Einige hockten vor den Kupferkesseln, in denen der Weihrauch verbrannte, tranken Wein oder flochten sich gegenseitig das Haar. Überall im Hammam standen Schüsseln mit hartgekochten Eiern und Gurken, und einige der Frauen futterten eifrig. Ein paar ältere Konkubinen rauchten lange Tschibuks. Eine andere war mit ihrer Enthaarungsbürste beschäftigt. Die vielen tanzenden, springenden, sitzenden, liegenden, hockenden, streichelnden, bittenden nackten Körper hätten absolut paradiesisch sein können – aber Orkhan erschien der Anblick mehr wie eine Vision des Jüngsten Gerichts, und er wäre ihm gerne entflohen.

Dann hörte er im Auf und Ab der Frauenstimmen plötzlich eine männliche Stimme: »Ich würde nicht sagen, daß meine Frau direkt häßlich ist, aber…«

Es war der Wesir. Wie alle anderen war auch er nackt. Er stand am Beckenrand, umgeben von einer Gruppe von Konkubinen, und jonglierte mit Eiern und Gurken, während er seine Frau zu beschreiben versuchte.

»… aber zur Selbstbefriedigung ist sie eine sehr gute

Alternative, wenn ich mich konzentriere und meine Phantasie spielen lasse.«

»Was hat denn der Wesir hier zu suchen?«

»Ach, Orkhan, sei doch kein Langweiler! Das mußt du doch allmählich gemerkt haben, daß das nicht der Wesir ist. Der richtige Wesir dürfte doch nicht in den Harem. Der Zwerg ist einer von unseren Hofnarren. Wir haben ihm beigebracht, daß er den Wesir spielen soll. Er gehört genauso zu unserer Scharade wie alles, was du bisher gesehen hast.«

Anadil winkte eine dunkelhäutige junge Konkubine heran.

»Das ist Afsana. Sie erfindet die Geschichten für uns, die wir spielen. Sie verteilt die Rollen und überprüft, ob wir unsere Texte gelernt haben.«

Afsana blickte bescheiden zu Boden.

»Es wäre sonst schrecklich langweilig im Harem«, fuhr Anadil fort. »Immer nur darauf zu warten, daß endlich ein Mann kommt. Wir wechseln uns natürlich ab mit den Rollen, sonst würde es auch langweilig. Aber jetzt geht das Stück wieder mal seinem Ende entgegen«, sagte Anadil voller Bedauern.

»Also ist dieser ganze Gebetskissenkult bloß ein Spiel, das ihr erfunden habt, um euch in der Gefangenschaft die Zeit zu vertreiben?« fragte Orkhan.

Anadil machte ein schockiertes Gesicht: »Heilige Mutter, wie kommst du denn darauf? Nein, der Gebetskissen-Kult ist die heilige Wahrheit. All unsere Masken und Spiele sind Teil des heiligen Dienstes, den wir als Gebetskissen leisten. Sie gehören zum Weg der Verzückung, und wir zeigen damit unseren Wunsch, dir zu dienen.«

Vielleicht hätte Anadil noch mehr gesagt, aber in diesem Augenblick kamen die drei jungen Konkubinen, die bisher am Beckenrand herumgerannt waren, mit zögernden Schritten zu Orkhan.

»Willst du mit uns um die Wette laufen, mein Sultan?« fragte die erste, noch ganz außer Atem. »Mein Name ist Gulanar.«

»Und ich bin Najma.«

»Und ich Parwana.«

Sie drängten sich um Orkhan und nahmen ihn in die Mitte.

»Wenn du eine von uns fängst, kannst du mit ihr tun, was du willst«, sagte Najma.

»Ich kann jetzt schon mit euch tun, was ich will«, sagte Orkhan.

»Ja, aber erst mußt du uns fangen«, sagte Parwana und zwickte ihn in den Penis. Gleichzeitig zog Najma ihn an der Nase, und Najma klatschte ihm auf den Hintern. Dann stoben sie davon wie erschrockene Hirschkühe. Ohne nachzudenken lief Orkhan hinter ihnen her. Der Marmorboden war heiß und glitschig, und Orkhan war ziemlich betrunken. Das ganze Badehaus hallte wider vom Kreischen der Konkubinen, die den wilden Wettlauf beobachteten. Als Parwana, das vorderste Mädchen, den jonglierenden Wesir beiseite stieß, fielen dessen Eier und Gurken zu Boden und wurden von den nachfolgenden Läuferinnen zu einer breiigen Masse zertreten.

Gulanar war eine ungeschickte Läuferin. Sie fiel bald hinter die anderen zurück, und als sie sich nach ihrem Verfolger umsah, wurde sie noch langsamer. Orkhan hatte sie schon fast erreicht und wollte sich gerade vorwärts stürzen, um sie an der Taille zu packen, als sie mit einem Schreckensschrei zur Seite sprang und sich ins Wasser stürzte. Najma und Parwana hörten ebenfalls auf zu rennen und warteten, bis Orkhan sie fast eingeholt hatte, dann folgten sie ihrer Gefährtin ins Becken. Die Brüste der drei Konkubinen schienen schwerelos auf dem Wasser zu treiben, und das Sonnenlicht tanzte zitternd auf ihren Körpern. Spritzend kamen sie auf Orkhan zu.

»Noch hast du uns nicht gefangen!« neckte ihn Najma. »Du wirst ins Wasser kommen müssen.«

»Bitte komm und spiel mit uns«, bat Gulanar.

Und dann begannen die drei Mädchen ein fremdartiges, sinnloses Lied der Beschwörung zu singen:

Wagala Weia! Wagala, weiala weia!
Wallala! Wallala! Heia! Ha ha!

Und während sie sangen, schwammen sie langsam zu Orkhan heran, der nach wie vor am Rand des Beckens stand.

»Unter Wasser ist es viel besser«, sagte Parwana, packte Orkhan am Knöchel und zog ihn ins Becken hinunter.

Er fiel mit dem Gesicht zuerst ins Wasser, und als er wieder hochkam, spritzten die Mädchen ihm ins Gesicht. Sie lachten und schwammen um ihn herum, aber Orkhan stand verlegen und voller Schrecken in ihrer Mitte, denn er war noch nie in einem Wasserbecken gewesen. Die weichen Bäuche und Schenkel der Mädchen wiegten sich in den Wellen. Orkhan stürzte sich auf Najma. Sie tauchte unter die Oberfläche, und nach einem Augenblick des Zögerns folgte er ihrem Vorbild. Er hatte die Hände schon um ihre Hüften gelegt, aber im selben Augenblick wurde er von einer der anderen zurückgezogen, und Najma schlüpfte wie eine Seeschlange aus seiner Umarmung. Orkhan drehte sich um und sah Gulanar, die sich verführerisch unter Wasser schüttelte und ihn mit ihren Brüsten lockte. Er watete auf sie zu und tauchte, um sie zu fangen. Da spürte er ein Knabbern an seiner Wade. Es war Parwana, die begonnen hatte, die Innenseite seiner Beine mit den Zähnen zu bearbeiten. Er wollte sich gerade umdrehen, als zwei Hände sich auf seine Augen legten. Er mußte sich losreißen und schnappte gewaltig nach Luft.

Gulanar stand drei Schritte neben ihm. »Komm her, mein Geliebter! Ich kann dir geben, was du willst!« Aber als er auf sie zuwatete, tauchte sie unter Wasser und flitzte davon.

»Nimm mich! Schau nur, ich bin viel schöner als sie«, flötete Parwana hinter ihm.

Und so ging es weiter. Am Ende mußte Orkhan sich geschlagen geben. Er kletterte aus dem Becken, legte sich auf den Rand und hatte Schwierigkeiten, in der schwefligen Luft wieder zu Atem zu kommen. Er starrte ins Wasser und fuhr erschrocken zusammen, als er plötzlich eine weiße Gestalt hinter sich auftauchen sah. Ein Gespenst? Unter all den nackten Frauen wirkte die in nasse weiße Tücher gehüllte Gestalt wie ein Engel des Todes.

Er drehte sich um und sah Anadil neben der geisterhaften Gestalt stehen.

»Erkennst du denn Mihrimah nicht mehr?« fragte Anadil. »Sie kann sich doch verhüllen, wie sie will – an ihrer Figur erkennt man sie immer. Allerdings bedeutet ihre Ankunft, daß die Zeit der Spiele vorbei ist. Jetzt müssen wir dich nur noch massieren und parfümieren, um dich für das letzte Ritual vorzubereiten.«

Dann, als sie Orkhans Furcht und Feindseligkeit spürte, sagte sie: »Ich weiß, daß die letzten zwei Tage schwer für dich waren. Aber deine Prüfungen sind bald zu Ende. Vertrau mir. Du mußt uns allen vertrauen. Es ist sehr wichtig für dich, daß du dich entspannst. Deshalb werden wir dich massieren.«

Damit führten Anadil und Mihrimah ihn zu einer großen, flachen Steinplatte, die auf Messingfüßen ruhte. Der Massagetisch war von brennenden Lavendelölbecken umgeben. Orkhan mußte sich auf den Bauch legen, und Anadil spazierte auf seinem Rücken herum. Er spürte, wie ihre Zehen sich in sein Fleisch gruben. Sein Körper bäumte sich auf, dann spürte er, wie er sich langsam unter ihren Füßen entspannte. Als Anadil ihre Übungen einstellte und wieder herabkletterte, hatten sich Parwana, Najma und Gulanar schon versammelt, und jetzt hämmerten alle vier gemeinsam auf Orkhans Rücken und Beinen herum. Mihrimah stand daneben und sah zu. Während sie ihn durchknetete, flüsterte Anadil dem Prinzen ins Ohr, er solle sich völlig entspannen. Es sei wichtig, daß er sich ganz weich und schwach fühle.

»Der Verführer verführt immer nur aus einer Position der Schwäche.«

Die Frauen drehten ihn auf den Rücken. Unerbittlich tastend und forschend bewegten ihre Finger sich auf seine Leistengegend zu. Parwana drückte sanft seine Hoden, während Anadil seinen Penis mit einer gelblichen Salbe bearbeitete. Er döste vor sich hin und entwickelte die Phantasie, daß sein Körper in der Luft schwebe und Tausende von kleinen Schmetterlingen in seinem Inneren ihn mit ihrem sanften Flügelschlag trügen.

Schließlich hob Mihrimah ihre Arme, so daß sie wie eine große weiße Möwe aussah, die gerade davonfliegen wollte. Das war das Signal, daß die Massage nicht weiter fortgesetzt werden sollte.

»Wir haben gerade noch Zeit, dir den Heiligen Saal der Verzückung zu zeigen«, sagte Anadil. »Es ist wahrscheinlich besser, wenn du ihn vorher mal siehst, denn das Unbekannte ist ja immer das Schlimmste, nicht wahr? Wenn du ihn gesehen hast, kannst du dir vielleicht besser vorstellen, was darin vorgeht.«

Von Anadil und Mihrimah geführt, schwankte Orkhan mit weichen Knien zurück ins Tepidarium. Hier reichte man ihm eine weiße Baumwollrobe, die er willig überstreifte. Dann gingen sie durch eine Tür, die er bisher nicht bemerkt hatte, in ein Empfangszimmer, und von dort aus betraten sie ohne anzuhalten den Saal der Verzückung.

Die Wände und die hohe Kuppel waren mit Spiegelmosaiken bedeckt, deren einzelne Flächen in subtile silberne Arabesken gefaßt waren. In den Nischen brannten Hunderte von hellen Kerzen. Der Boden bestand aus großen, glänzenden Porphyrplatten. Den größten Teil des Saals allerdings nahm ein tiefes Bassin ein, das offenbar mit flüssigem, blinkendem Quecksilber gefüllt war. Mitten über dem Becken hing ein seidenbespanntes, mit Samtschnüren festgezurrtes Bett von der Decke herunter. Der ganze Saal glänzte vor Silber, und es dauerte eine Weile, bis der geblendete Orkhan erkannte, daß auf der anderen Seite des Quecksilbersees eine ebenfalls ganz in Silber gekleidete Frau stand. Sie trug einen weißen, mit einer Reiherfeder geschmückten Turban und ein enges silberfarbenes Kleid, dessen lange Schleppe sich auf dem Porphyrboden ausbreitete. Als sie sah, wie Orkhan sie anstarrte, hob sie in einer triumphierenden Geste die Faust.

Es war Roxelana. Orkhan sah Anadil fragend an.

»Ach, Orkhan! Wie kannst du bloß so langweilig und dumm sein?« fragte Anadil schmollend. »Natürlich ist das Roxelana. Und natürlich war sie nur zufällig gerade die Tierpflegerin. Wir wechseln uns in den verschiedenen Rollen ab. Manchmal bin ich diejenige, die lacht; manchmal muß ich die Tränen vergießen. Sonst wäre das alles ja viel zu langweilig ... Obwohl ich zugeben muß, daß Babur sich an Roxelana am besten gewöhnt hat. Aber sie ist genauso wie wir alle eine Maskenspielerin im Seelentheater des Harems. Als Gebetskissen steht sie auf einer weit niedrigeren Ebene als Mihrimah. Als du bei deiner nächtlichen Begegnung mit Mihrimah so kläglich versagt hast, war uns natürlich klar, daß du für eine so erhabene sexuelle Erfahrung offenbar noch nicht reif warst. Deshalb haben wir Roxelana beauftragt, etwas Derberes mit dir zu veranstalten, bei dem du körperlich mehr zum Zug kamst. Das Ganze war mein Fehler. Ich dachte wirklich, du wärst schon reif für Mihrimah. Aber vielleicht hat dir Roxelana gegeben, was du gebraucht hast ...«

Sie sah so aus, als wollte sie noch einiges mehr sagen, aber in diesem Augenblick ertönte draußen vor dem Gebäude eine krächzende, von Zimbeln unterstützte Fanfare.

»Die Walide ist gekommen«, sagte Anadil mit nervösem Gesicht. »Ich hoffe bloß, daß wir uns dem abschließenden Ritual nicht zu schnell nähern.«

Und vor Lust zu sterben

Als Orkhan sich noch im Käfig über das Leben außerhalb der Mauern Gedanken gemacht hatte, wäre er in seinen wildesten Phantasien nicht darauf gekommen, daß die Wirklichkeit so merkwürdig sein könnte. Zusammen mit Arnadil wanderte er durch den Empfangsraum zurück und trat ins Sonnenlicht hinaus. Die Walide, in schweren roten und schwarzen Brokat gekleidet und flankiert von zahlreichen dienstbaren Eunuchen und Konkubinen, wartete schon auf dem Rasen. Zum ersten Mal sah Orkhan sie in einem Zustand, wo sie nicht lachte. Sie trat vor und strich ihm mit einer fürsorglichen Geste übers Haar. Dann umarmte sie ihn, legte die Hände auf seine Schultern und hielt eine Ansprache. »Geliebter Sohn, dies ist der stolzeste Tag im Leben deiner Mutter. Du bist jetzt nur noch Augenblicke von der Begegnung mit deiner dir verlobten Braut entfernt und wirst alsbald jene heilige Ehe vollziehen, von der ich schon seit Jahren träume.«

Obwohl sie ihm direkt gegenüberstand, schien die Walide Orkhan gar nicht zu sehen. Sie schien in die Vergangenheit zu starren und dabei Dinge zu sehen, die seit Jahren nicht mehr existierten.

»Ich bin im Harem geboren«, sagte sie. »Und ich habe mein ganzes Leben in diesen Mauern zugebracht. Ich weiß noch, daß ich als Kind ein detailgetreues Modell des Harems hatte, zum Spielen. Ich setzte meine Puppen hinein und ließ sie Harem spielen, denn ich kannte nichts anderes. Ich hielt für meine Puppen Hochzeiten ab und ließ sie tagelang feiern. Aber meine Lieblingspuppe, einen schönen Prinzen, konnte ich lange Zeit nicht verheiraten. Das lag daran, daß mir keine Braut einfiel, die edel genug, schön genug und reich genug für ihn war. Dann, eines Tages, hatte ich einen Einfall und beschloß, daß er die Göttin selbst heiraten könnte und dies das größte Hochzeitsfest von allen sein müßte.«

Die Walide seufzte. Es fiel ihr schwer, das Reich der Erinnerungen zu verlassen und in die Gegenwart zurückzukehren.

»Das ist alles lange her, und es war nur ein Spiel. Aber was ich mir als kleines Mädchen erträumt habe, soll heute Wirklichkeit werden. Denn, Orkhan, mein geliebter Sohn, ich habe dich der Gottheit vermählt! Jetzt, in ebendiesem Augenblick, eilt die Göttin schon zu deinem Lager. Hörst du es, Orkhan?«

Orkhan strengte sich zwar sehr an, aber außer dem rasselnden Atem seiner Mutter war nicht viel zu hören.

»Sie ist nahe! Ganz nahe!« beharrte die Walide. »Im

Augenblick ist Sie nur ein sanfter Wind, der die Baumwipfel streichelt. Aber wenn Sie über dich kommt, wird Sie sein wie ein Waldbrand, und wenn du den Liebesakt mit Ihr vollziehst, trägt dich der brennende Zyklon Ihrer Leidenschaft in den Himmel hinauf – oder jedenfalls wird es dir so vorkommen. Aber wer kann die Vereinigung mit dem Unendlichen schon beschreiben? Ich bin bloß eine Sterbliche, wie soll ich etwas in Worte fassen, wofür es keine Worte geben kann?«

Jetzt sah die Walide ihren Sohn zum ersten Mal richtig an, und ihre Stimme wurde härter: »Ich sehe in deinen Augen, daß du dich fürchtest, Orkhan. Fürchte dich nicht! Du bist erst vor einem Tag aus dem Käfig geholt worden und hast schon eine ganze Reihe von Frauen gehabt. Aber die Freuden, die du mit ihnen erlebt hast, werden dir vorkommen, als hätte es sie gar nicht gegeben, wenn sich die Göttin deinem Lager nähert. Du wirst auf deine ersten, ungeschickt tastenden Versuche mit Frauen zurückblicken, und im Vergleich wirst du das Gefühl haben, du hättest dich bisher nur mit körperlosen Schatten gepaart. Narren glauben, daß das letzte Geheimnis des Lebens im Geist wohnt. Die wahrhaft Weisen wissen, daß es nirgends anders zu finden ist als im Fleisch. Die Göttin, die eben jetzt beginnt, Ihre mächtigen Schenkel zu spreizen, ist die fleischliche Verkörperung äußerster Liebe, und alle anderen Frauen sind nur geisterhafte Spiegelbilder Ihres unendlich erregenden Körpers. Sie ist in Sonnenuntergänge und die Gezeiten des Meeres gekleidet. Aber für dich wird Sie sich ausziehen. Du magst doch die festen Brüste der jungen Frauen? Die Brüste der Göttin sind hoch und steil wie Gebirge.

Ich will versuchen, dir die Wollust zu beschreiben, die dich ergreift, wenn du das Lager mit Ihr teilst. Die Haare werden dir zu Berge stehen und die Augen werden dir aus dem Kopf fallen, du wirst dir auf die Zunge beißen und dein Rückgrat wird brechen, wenn Sie dich umarmt. Aber das ist nur der Anfang. Der Tod ist das Lager, auf dem sich der Liebende mit der Geliebten vereinigt. Aber ich verspreche dir, du wirst keinen Widerstand leisten, denn Sie wird dir kostbarer als das Leben erscheinen, und du wirst dich nur danach sehnen, in Ihren Flammen zu schmelzen. Du wirst erleben, wie du dich auflöst in deinem Begehren, bis dein ganzer Körper nur noch Sperma ist, das in heißer Ekstase aus dir herausschießt. Der Orgasmus ist wie ein weißleuchtender Blitz, der den dunklen Horizont deiner Seele erhellt. Mit einem einzigen Liebesbiß wird dich die Göttin verzehren; du wirst Sie und Sie wird du, bis du merkst, daß du dabei bist, dich selbst aufzuspießen.«

Die Walide brach ab, um ihrer Vision nachzuhängen.

»Wenn du dich mit der Göttin gepaart hast« – die Stimme der Walide war wieder fester geworden – »dann wirst du sie in allen Frauen sehen und unendliche Verzückung mit ihnen erleben, so oft du nur willst. Man nennt es ›der Goldene Mann werden‹. Wie das ist, wirst du sehen, wenn du danach mit Mihrimah ins Bett gehst. Denn sobald du dich mit der Göttin gepaart hast, wirst du Mihramah als Zweitfrau nehmen. Du wirst sie umarmen, und wenn es der Göttin Wille ist, wird sie empfangen. Auf diese Weise werde ich die Großmutter eines Kindes der Gottheit, und das habe ich mir schon seit meinen Mädchentagen gewünscht.«

»Ach, Mutter, für diese Auszeichnung bin ich noch nicht reif. Ich brauche noch mehr Zeit zur Vorbereitung. Ich muß über meine Pflichten als Bräutigam nachdenken.«

Die Walide lächelte beruhigend.

»Ich wünschte bloß, daß ich ein Mann wäre und die Göttin zu mir ins Bett kommen könnte. Wenn ich dir bloß begreiflich machen könnte, was dir bevorsteht! Dann würdest du bestimmt nicht mehr hier stehen und mit einer alten Frau wie mir streiten. Du würdest ins Brautgemach eilen, um die Begegnung mit der Geliebten ja keinen Augenblick zu verzögern. Du bist jung und gesund, und Anadil, Mihrimah und Roxelana sind alles gute Mädchen. Sie sind die erwählten Zofen der Göttin und haben dich so weit vorbereitet, wie es nur geht. Ich weiß, du wirst mich nicht so enttäuschen wie Barak. Die Göttin hat die Welt gemacht, um von ihr geliebt zu werden, deshalb wirst du gar nicht anders können, als Sie zu lieben, wenn Sie zu dir kommt. Aber ich sollte hier nicht länger herumstehen und plappern wie ein hirnloses Weib. Ich werde es Mihrimah überlassen, dir zu beschreiben, wie du dich mit der Göttin vereinigst und was du im einzelnen tun mußt, um deine Braut zufriedenzustellen. Ich werde mich jetzt in den Pavillon aus Porzellan zurückziehen, wo meine Mädchen ein großes Hochzeitsfest vorbereiten. Ich werde dort auf dich warten, voller Spannung und Sorge, und hoffe bald zu hören, daß du wieder aus dem Heiligen Saal der Verzückung herauskommst.« Damit küßte sie Orkhan abrupt auf die Stirn und marschierte davon.

Jetzt schoben Mihrimah und Anadil sich nahe an den Prinzen heran, und Mihrimah begann mit gedämpfter Stimme zu sprechen. »Wie du weißt, ist deine Mutter überglücklich, daß einer ihrer Söhne der Goldene Mann wird. Mir fällt es zu, dir zu sagen, was im einzelnen geschieht, wenn wir in den Heiligen Saal der Verzückung zurückkehren.«

Sie machte eine bedeutsame Pause, um sicher zu sein, daß Orkhan ihr seine ungeteilte Aufmerksamkeit schenkte, ehe sie fortfuhr. »Es ist äußerst wichtig, daß du genau weißt, was wir von dir erwarten.«

»Ja«, zwitscherte Anadil. »Es ist doch immer besser, wenn man weiß, was geschieht, oder? Das Unbekannte ist immer viel furchterregender, nicht?«

Woraufhin Mihrimah ihren Vortrag fortsetzte: »Also,

der Ablauf ist folgender: Im Saal der Verzückung sind wir zu viert – du und ich und Anadil und Roxelana natürlich, denn die ist von allen Konkubinen die stärkste. Wir gehen alle vier in den Saal. Wir werden dich ausziehen, und dann wirst du helfen, mich auszuziehen. Anschließend bist du in die Betrachtung meiner strahlenden Schönheit versunken. Gleichzeitig nimmt Anadil deinen Schwanz in den Mund. Dann schlingt dir Roxelana ganz schnell – das muß unbedingt schnell gehen – die seidene Schnur um den Hals und erwürgt dich. Du stirbst den Tod des Gerechten, und in der Ekstase des Todes ejakulierst du. Dabei erlebst du die Heilige Verzückung, das ist das Geschenk der Göttin. Du wirst aber nur für einen Augenblick tot sein, denn Anadil hat deinen Samen gesammelt, der deine Lebenskraft enthält, und gibt ihn dir in einem liebevollen Kuß zurück. Wenn der Tote den Samen des Toten trinkt, hustet er zweimal und kehrt dann schaudernd und zitternd ins Leben zurück. So wirst du also durch den Kuß des Todes wieder zum Leben erweckt werden, und zu immerwährender Seligkeit obendrein; denn die Heilige Verzückung erfüllt deinen Körper für immer. Du wirst nie wieder sein wie zuvor; denn du bist dann der Goldene Mann, und die Göttin wohnt in deinem Leib, und ihr seid in einem immerwährenden Orgasmus verbunden. Nachdem du also gestorben und wiedergeboren bist, kommst du zu mir auf das Bett der Verzückung, das über dem Silbersee schwebte, wie du gesehen hast. Und wenn du mich umarmst, werde ich von Ekstase erfüllt und empfange deinen Samen in meinem Schoß. Es ist ein ungeheueres, wunderbares Geheimnis.«

Dann, als sie Orkhans Gesicht sah, fügte Mihrimah hastig hinzu: »Keine Sorge. Wir wissen genau, was wir zu tun haben. Es steht alles im *Parfümierten Schlachtfeld*. Im letzten Kapitel unter der Überschrift: ›Wie du deinem Mann die letzte Freude bereitest‹.«

»Mit Barak ist es leider schiefgegangen«, sagte Anadil hastig, »aber das war nur, weil er im letzten Augenblick die Nerven verlor. Er hat herumgezappelt und sich gewehrt, und ich konnte seinen Samen nicht auffangen. Aber wenn du stillhältst, wird alles gutgehen. Du hast ja Wein genug getrunken. Ich glaube, ich habe dir genau die richtige Menge gegeben, damit du entspannt bist.«

»Du mußt dich völlig verlieren, um dich zu finden, heißt es im *Parfümierten Schlachtfeld*«, erläuterte Mihrimah. »Wenn unsere bisherigen Scharaden irgendeinen Zweck hatten außer Betrug und Verführung, dann war es wohl der, dir zu zeigen, daß der gewinnt, der verliert, und der verliert, der gewinnt. So ist es immer beim Krieg der Geschlechter.«

»Nun, von solchen Dingen verstehe ich eigentlich nichts«, erwiderte Orkhan. »Aber ich habe jetzt genug gehört, und einen anderen Ausweg als den Heiligen Saal der Verzückung sehe ich auch nicht. Ich glaube, je schneller ich mein vorbestimmtes Ziel erreiche, desto besser für mich.«

Als sie das hörte, hob Mihrimah die Arme, und die Konkubinen und Eunuchen, die vor dem Hammam standen, begannen zu singen. Sie sangen ein eigenartiges Lied, das mit den Worten begann: »Ich habe die Säfte der Geliebten getrunken, und sie hat meine getrunken.«

Emerald zeigte auf den Eingang des Hammam, und Orkhan ging darauf zu. Er hatte kaum den ersten Schritt getan, da warfen sich die Konkubinen eine nach der anderen vor ihm auf den Boden, so daß er nacheinander Gulanar, Najma, Parwana und anderen, deren Namen er nicht kannte, aufs Rückgrat trat. Er ging auf einem Teppich aus Fleisch. Aber er warf keinen Blick auf die Rücken der Frauen zu seinen Füßen, sondern hielt den Blick auf den Himmel gerichtet.

Orkhan führte sie durch das Empfangsgemach und betrat den Heiligen Saal der Verzückung. Anadil und Roxelana zogen ihm die weiße Baumwollrobe aus und warfen sie in den silbernen See. Auf der brodelnden Oberfläche blieb der weiße Stoff einen Augenblick sichtbar, dann verschwand er mit einem Schlag. Die vielfältige Widerspiegelung der Silberornamente im Raum machte Orkhan ganz schwindlig. Mihrimah wartete auf der gegenüberliegenden Seite des Sees, bis er seine Fassung so weit zurückgewonnen hatte, daß er ihr beim Ausziehen helfen konnte. Mit zitternden Fingern hantierte er an den Verschlüssen ihrer Gewänder, und sie mußte ihn mehrfach ermahnen, er solle nichts überstürzen.

Sie lächelte über das, was sie für lüsterne Ungeduld bei ihm hielt. »Indem du meinen Körper begehrst, hast du gelernt, das Vergängliche zu lieben«, sagte sie. »Das ist eine notwendige, gute Stufe. Aber es ist eine Phase, die du überwinden mußt; denn nur der Teufel liebt am Ende das Vergängliche.«

Schließlich lag Mihrimahs weißes Gewand zusammen mit ihrem Kopftuch und ihrem Schleier am Boden, und sie erhob sich nackt und schön aus einer Wolke von Seide. Orkhan durfte allerdings nicht lange an ihrer Seite verweilen. Anadil winkte ihn zurück auf die andere Seite des Quecksilberbeckens. Neben ihr stand Roxelana in ihrem herrlich schimmernden silbernen Kleid. Mit der einen Hand hielt sie die Schleppe ihres Kleides, in der anderen baumelte die seidene Schnur.

»Dreh dich zu Mihrimah um«, sagte sie, als Orkhan bei ihr war.

Der Prinz gehorchte, und Anadil kniete sich vor ihm hin. Sie griff nach seinem Penis, den die Furcht klein und weich gemacht hatte.

»Keine Sorge«, sagte Anadil. »Der wird gleich wieder hart.« Und damit preßte sie ihre Lippen auf das hängende Genital.

»Heb den Kopf und schau dir Mihrimah an«, sagte Roxelana, deren Atem er im Genick spürte.

Strahlend in ihrer Nacktheit stand Mihrimah auf der anderen Seite des Saals.

Orkhan spürte, wie sich Roxelana hinter ihm hochreckte, damit sie ihm die seidene Schnur um den Hals legen konnte. Schon begann sie zu sprechen: »Im Namen der Heiligen Verzückung – «

Als die Schnur sich über seinen Kopf senkte, griff Orkhan mit beiden Händen danach und zog sie herunter. Gleichzeitig beugte er sich nach vorn, und Roxelana wurde auf seinen Rücken gerissen. Er packte sie an den Handgelenken und schleuderte sie auf die vor ihm kniende Anadil. Die beiden Frauen fielen taumelnd in das Quecksilberbecken und versanken sofort. Die aufgewühlte Oberfläche schloß sich über ihren Köpfen und bildete einen doppelten Wirbel. Ein paar glitzernde Blasen stiegen aus der Tiefe und explodierten.

Mihrimah versuchte zu fliehen und rannte davon, aber sie war nicht so beweglich wie Parwana, Najma und Gulanar. Orkhan holte sie an der Tür ein, schlang ihr den Arm um den Hals und packte sie an der Kehle. »Gibt es von hier einen direkten Weg in die Wäscherei?« fragte er.

Mihrimah keuchte. »In die Wäscherei?« fragte sie. »Ja! Du mußt ins Tepidarium zurück. Ich glaube, von dort aus gibt es einen Durchgang zur Wäscherei. Den benutzen die Dienerinnen, um frische Badetücher zu holen.«

»Da wirst du mich jetzt hinbringen!«

Die wenigen Frauen, die sich im Tepidarium abkühlten, warfen ihnen kaum einen Blick zu. Orkhans Hände hielten Mihrimahs Kehle ständig umklammert, während sie ihn zu dem schmalen Korridor brachte, der aus den Badeanlagen hinaus und durch eine Reihe von Türen zur Wäscherei führte. Sie betraten die mit Dutzenden von dampfenden Bottichen gefüllte Halle, in die Orkhan zuvor nur einen kurzen Blick geworfen hatte, als sie auf dem Weg zum Hammam waren. Die Wäscherinnen begannen zu kreischen und hoben die Hände. Perizade, die offenbar eine Art Aufseherin war, kam herbeigeeilt, um nach der Ursache des Aufruhrs zu forschen und dem bizarren Auftritt ein Ende zu machen.

»Perizade«, flüsterte Orkhan. »Ich brauche deine Hilfe. Ich brauche dich. Laß uns zusammen aus dem Harem fliehen!«

»Schon daran zu denken bedeutet den sicheren Tod«, erwiderte sie, zögerte aber keine Sekunde. Als erstes schickte sie die anderen Wäscherinnen hinaus. Dann zerriß sie ein dünnes Laken in Streifen. Gemeinsam mit Orkhan begann sie Mihrimah zu fesseln und zu knebeln. Sie gingen nicht sehr zart mit ihr um, sondern zogen die Knoten trotz ihrer feuchten, bittenden Augen fest an, so daß der Stoff tief einschnitt.

Orkhan war gerade dabei, die Fesseln hinter Mihrimahs Rücken noch einmal zu prüfen, und beugte sich tief über das am Boden sitzende Mädchen, als seine Schläfe ein schrecklicher Hieb traf. Er fiel zur Seite und rollte flach auf den Rücken, ehe er den Blick heben konnte. Roxelana stand vor ihm. Ihre Augen glitzerten, und auf ihrem Gesicht lag ein eigenartiger Grauschimmer. Bei jeder Bewegung fielen kleine Quecksilbertröpfchen von ihrem Kleid.

»Ich weiß, daß ich das letzte Mal zu zaghaft war«, sagte sie. »Aber diesmal mache ich Ernst. Die Dschinns in meinem Inneren sind außerordentlich durstig. Sie wollen dein Blut. Sie werden dir die Seele aus dem Arsch saugen.«

Sie hob den Saum ihres Kleides, um nach Orkhan zu treten, aber der Tritt, der dann folgte, war zögernd und kraftlos. Sie keuchte und hatte offenbar Schwierigkeiten, Orkhan richtig zu sehen. Dennoch stürzte sie sich jetzt auf ihn und bearbeitete ihn mit den Fäusten. Er wehrte sich, aber keineswegs so energisch, wie er das hätte tun können; denn er fühlte sich gelähmt und entmutigt, fast wie hypnotisiert von dieser eigenartigen, bleigrauen Bestie, die einen seltsamen, fremden Gesang angestimmt hatte, während sie auf sein Gesicht, seine Brust und seine Arme einschlug. Roxelana war keine Frau mehr, sondern schien längst zum Dämon geworden zu sein. Sie versuchte ihn zu töten, und doch fühlte er noch immer, wie das Begehren sich regte, und hätte sie lieber geküßt als geschlagen. Dann war es plötzlich, als hätte der Dämon in ihrem Körper gewechselt. Die glitzernden Augen wurden ganz weich, und sie sank auf ihn nieder.

»Ich bin zu schwach. Ich kann dir nicht widerstehen. Ich will dich in mir spüren«, bettelte ihre Stimme.

Ihr Mund begann nach seinem zu suchen, und mit der Hand versuchte sie, ihr Kleid noch höher zu ziehen. »Du willst es doch auch! Bloß ein einziger, weicher Kuß ist genug!«

Sie preßte ihre Lippen gewaltsam auf seinen Mund.

Um diese gefährliche Verführung zu stoppen, mußte Perizade eingreifen. Sie trat von hinten an Roxelana heran und schlug ihr mit einem Wäschestampfer so heftig über den Schädel, daß die gierig glitzernden Augen des Mädchens erloschen und stumpf wurden.

»Wir brauchen ihr Kleid«, sagte Perizade. »Zieh ihr das Kleid aus!«

Leichter gesagt als getan, denn das Kleid war eng und Roxelana war schwer. Während sie noch mit dem schlaffen Körper und dem daran klebenden Kleid kämpften, erklärte Perizade ihren Plan: Die Konkubinen durften den Harem zwar nicht verlassen, aber ihre Dienerinnen wurden gelegentlich zum Einkaufen in die Stadt geschickt. Orkhans einzige Chance, den Harem lebend zu verlassen, bestand darin, daß er in Perizades Begleitung hinausschlüpfte. Aber dazu mußte er sich als Sklavin verkleiden.

Während er sich in das Kleid hineinzuzwängen versuchte, machte sich Perizade auf die Suche nach einem Tuch, das groß genug war, um Orkhans Kopf und seine breiten Schultern damit zu bedecken.

Mit heftigem Hüftwackeln hatte sich Orkhan das Kleid schon fast bis über den Hintern gezogen, als er plötzlich eine krächzende Stimme hinter sich hörte.

»Das ist mein Kleid, was du da anhast«, schrie Roxelana, »und ich will es zurück!«

Sie stolperte mit schwindender Kraft auf ihn zu. Inzwischen war ihre Haut tiefschwarz geworden und ihre Augen waren tief in die Höhlen gesunken.

»Ach, mein Prinz!« stöhnte sie heiser. »Nur ein einziger Kuß. Das ist alles, um uns zu vereinigen in ewiger Liebe. Nur ein einziger kleiner, ersterbender Kuß.«

Sie schien ihren Weg zu ihm mit der Nase zu finden. Als sie ihn erreicht hatte, legte sie die Arme um seinen Hals und öffnete ihren Mund. Wie ein Stück Holzkohle stach die Zunge zwischen den schwarzen Lippen heraus. Das Mädchen hustete. Ein Klumpen Quecksilber erschien auf ihrer Unterlippe und lief ihr rasch übers Kinn. Die Klammer ihrer Arme lockerte sich, sie mußte Orkhans Hals loslassen. Langsam sank Roxelana zu Boden und starb vor seinen Augen.

Perizade kehrte mit einfachen weißen Baumwolltüchern zurück. Auf die Leiche von Roxelana verschwendete sie keinen Blick. Das eine Tuch bedeckte die Schultern des Prinzen, das andere legte er sich über den Kopf. Damit es auch sein Gesicht verdeckte, mußte er den Stoff mit den Zähnen festhalten.

Endlich verließen sie gemeinsam die Wäscherei. Die Walide, die im Garten nervös auf und ab ging, erkannte sie nicht. Die Wachen der Janitscharen am Tor des Inneren Hofes hielten sie eine Zeitlang auf, aber Perizade erzählte einem der Soldaten, sie müßten eilig in die Stadt; denn die Öfen, mit denen der Hammam beheizt werde, hätten kein Holz mehr, und sie müßten dem Händler sagen, daß er rasch liefern müsse.

Während sie darauf warteten, daß der Wachsoldat von der Unterredung mit seinem Vorgesetzten zurückkam, drehte sich Perizade um und flüsterte: »Warum bist du gerade zu mir gekommen?«

»Es war genau so, wie du gesagt hast. Wir sind füreinander bestimmt. Ich bin dazu bestimmt, dich zu lieben, und das tue ich auch. Ich brauche dich – und außerdem muß meine Viper dringend an deiner Taverne trinken. Sie ist hoffnungslos süchtig.«

»Ach, dieser ganze Unsinn von den Vipern und den Tavernen!« lachte Perizade. »Haremsmärchen sind das, sonst nichts. Eine der Geschichten, die Afsana und die anderen Konkubinen sich ausgedacht haben. Du mußt den Geschmack mögen, das ist das ganze Geheimnis.«

Der Janitschar kam zurück und sagte, sie könnten passieren. Also gingen sie durch das Tor des Inneren

Hofes in den Äußeren Hof. Dieser war der Öffentlichkeit zugänglich. Die reale Welt von alten und jungen Männern und Frauen, Kindern und Haustieren, Karren, Pferdedroschken, Säcken, Brettern, Stoffballen, Fässern, Ochsenhäuten, Flaschen, Laternen und Fleischermessern schien vor Orkhans Augen zu explodieren. Er hatte das bemalte Feenreich aus Samt und Seide, Silber und Porphyr für immer verlassen.

Unter falschen Namen fanden Orkhan und Perizade bald Arbeit in Istanbul. Sie waren von Erfolg begleitet, und schon nach wenigen Jahren konnten sie in dem Dorf Eyup außerhalb der Stadtmauern einen eigenen Waschsalon aufmachen. Dort lebten sie zufrieden und glücklich, bis der Tod sie ereilte, der alle Bindungen auflöst und alle Freuden zerstört.

T. C. Boyle im dtv

»Aus dem Leben gegriffen und trotzdem unglaublich.«
Barbara Sichtermann

World's End
Roman · dtv 11666
Ein fulminanter Generationenroman um Walter Van Brunt, seine Freunde und seine holländischen Vorfahren, die sich im 17. Jahrhundert im Tal des Hudson niederließen.

Greasy Lake und andere Geschichten
dtv 11771
Von bösen Buben und politisch nicht einwandfreien Liebesaffären, von Walen und Leihmüttern...

Grün ist die Hoffnung
Roman · dtv 11826
Drei schräge Typen wollen in den Bergen nördlich von San Francisco Marihuana anbauen, um endlich ans große Geld zu kommen.

Wenn der Fluß voll Whisky wär
Erzählungen
dtv 11903
Vom Kochen und von Alarmanlagen, von Fliegenmenschen, mörderischen Adoptivkindern, dem Teufel und der heiligen Jungfrau.

Willkommen in Wellville
Roman · dtv 11998
1907, Battle Creek, Michigan. Im Sanatorium des Dr. Kellogg läßt sich die Oberschicht der USA mit vegetarischer Kost von ihren Zipperlein heilen. Unter ihnen Will Lightbody. Sein Trost: die liebevolle Schwester Irene. Doch Sex hält Dr. Kellogg für die schlimmste Geißel der Menschheit... Eine Komödie des Herzens und anderer Organe.

Der Samurai von Savannah
Roman · dtv 12009
Ein japanischer Matrose springt vor der Küste Georgias von Bord seines Frachters. Er ahnt nicht, was ihm in Amerika blüht...

Tod durch Ertrinken
Erzählungen
dtv 12329
Wilde, absurde Geschichten mit schwarzem Humor.

América
Roman · dtv 12519